楢崎先生とまんじ君

Michiru Fushino
椹野道流

JN282992

CHARADE BUNKO

Illustration

草間さかえ

CONTENTS

第一章　近くて遠い人

俺、間坂万次郎《まさかまんじろう》の日常といえば……。

毎朝、だいたい六時に起床。いつもTシャツにジャージで寝るので、起きたままの格好で顔だけ洗い、まずやることは弁当と朝食を作ることだ。

弁当といっても、そんなに気合いの入ったものではなく、昨日のおかずの残りや、以前に冷凍しておいたおかずをメインに、卵焼きやちょっとした野菜を足すだけだから簡単だ。

その合間にコーヒーを淹《い》れ、トーストを焼く。軽く焼けたところでいったん取り出し、バターを塗ってもう一度トースターに戻してから、同居人……もとい、俺を居候として自宅に置いてくれている太っ腹な大家、楢崎千里《ならさきちさと》先生を起こしに行く。

K医科大学の消化器内科に勤務する医師の楢崎先生は、職場ではクール・ビューティと呼ばれているらしい。

確かに、たまに病院で見かける勤務中の先生は、キリリとして格好いい。いかにも三十代の男という感じの落ち着きはあっても老けたところは全然ないし、背筋は定規を入れたみたいに真っすぐだし、動きはキビキビしているし、いつもきっちりした服装をしていて、なんだかもう完璧《かんぺき》な「働く男性のお手本」という感じだ。きっと、どんな患者さんも、先生が主治医なら安心して診察を受けられるだろう。

けれど誰《だれ》だって仕事中とプライベートでは違う顔を持つように、楢崎先生も家では病院とはちょっと違う姿を見せる。

たとえば……先生は、ものすごく寝起きが悪い。

内科は外科よりは朝が遅いらしいが、それでも毎朝、七時には起きないと間に合わない。だから先生は毎晩、目覚まし時計を三つセットしてベッドに入るのだが、朝になると、寝たままベッドから片手を伸ばして順番に黙らせ、そのまま行き倒れの変死体みたいな格好で眠り続けている。

結局、俺が行って起こすはめになるのだから、いい加減目覚まし時計は諦《あきら》めればいいのに、と思うけれど、そこは「自力で起床する意志を放棄してはならない」という社会人としてのなんとやらなのだそうだ。

まあ、俺にしても、眠くてぐずる楢崎先生という日中は絶対見られない隙《すき》だらけの姿が見られて嬉《うれ》しいので、先生にはこの先もずっと、寝穢《いぎたな》いままでいてほしい。

ようやく起きてきた先生に朝食を食べさせ、無事に仕事に送り出したら、洗濯機を回し、ざっと掃除機をかけてから家を出る。

俺の仕事は、定食屋のアルバイト店員だ。

アルバイトといっても、老夫婦がやっている小さな店でほかに店員はいない。だからまるで孫のように可愛《かわい》がってもらっているし、主戦力として、けっこう頼りにもしてもらっている。最初は皿洗いと買い出しと接客だけしかできなかったが、今は料理も教えてもらい、ずいぶんいろいろ作れるようになった。

店の名前は「まんぷく亭」。いかにも旨《うま》い料理が出てきそうな、大好きな店名だ。店が楢崎先生の職場であるK医科大学に近いので、医大の職員や学生さん、それに患者さんもたくさん来てくれる。

午前十一時半に開店してから午後二時に閉店するまではてんてこ舞いの忙しさで、そこからも片づけや掃除や翌日の支度でけっこうバタバタする。仕事を終えて店を出るのは、いつも夕方だ。

料理が終わってまた料理というわけで、帰り道にはたいていスーパーに寄り、夕食の買い物をする。

肉メインならある程度の買い置きもできるだろうが、健康のことを考えて最近は魚メインを心がけている。台所を預かる身としては、やっぱり身体《からだ》にいい食事を作らなくてはと、いろいろない知恵を絞って献立を考えるし、先生と同居する前の大貧乏時代と違って、食べ物の値段よりも質を大事にするようになった。

だから魚だけでなく生鮮食料品全般、あまりまとめ買いせず、新鮮なものを必要なだけ買うことにしているのだ。

帰宅したらすぐに炊飯器をセットして、洗濯物を干してからシャワーを浴び、夕食の下ごしらえをする。そうこうしているうちに楢崎先生が仕事から帰ってきて、先生が風呂《ふろ》に入っている間に夕食を仕上げ、二人で食べる。

食後はお互いテレビを観たり雑誌を読んだり、思い思いに過ごす。

眠くなったらどちらからともなく寝室に行って、同じベッドで眠る。先生が翌日休みだと、寝る前にいわゆる「一戦」交えることもあり、それは俺にとってすごく嬉しいオプションだ。

そしてまた、新しい朝がやってくる……。


俺たちの毎日は、たいていこんなふうに過ぎていく。

毎日がとても穏やかで、そのくせところどころしっかり賑《にぎ》やかで、とても楽しい。

ずっとこんなふうに暮らしていたような錯覚にとらわれたりするが、俺が先生の家に転げ込んでまだ四年目、いや、先生風に言えばもう四年目だ。

今でこそこうだけれど、俺が先生に一目惚《ひとめぼ》れしてから押しかけ同居に踏み切るまでも、それからしばらくの間も、ずっとすったもんだの連続だった。

（なんだか、それもずーっと昔のことみたいな気がするなあ……）

当時のことをぼんやり思い出しながら、夕方、つぶしたアルミ缶を袋に詰めてマンション内のゴミ集積所に向かっていたら、エントランスロビーで京橋珪一郎《きょうばしけいいちろう》先生に会った。

京橋先生は楢崎先生の二年後輩で、楢崎先生と同じK医大に耳鼻科医として勤務している。二人はアメリカで偶然同じ医大に留学していたらしく、それが縁で仲よくなったのだそうだ。帰国してからもこれまた同じマンションに住んでいるので、京橋先生は、楢崎先生の知り合いの中ではいちばん頻繁に顔を合わせる人だ。

「あ、京橋先生。今帰り？　えらく早いね」

京橋先生は俺より年上だけれど、なんだかすごくほんわかとした、可愛いところのある人だ。楢崎先生なんて、珪一郎の一部をとって、「チロ」と犬みたいな名前で呼んでいる。医者と聞いて思い浮かべるような高圧的なところが全然なくて、俺みたいな若造にも気さくに接してくれるので、俺はついタメ口になってしまう。

京橋先生のほうも、そんなことはまったく気にせず、同級生に対するような屈託のない笑顔で頷《うなず》いた。

「うん。今日は学校検診から直帰だったから、いつもより早いんだ。間坂君は？　今から晩飯の支度ってとこか？」

俺は、手にしたビニール袋を軽く持ち上げて振ってみせた。

「ううん、今日は楢崎先生が当直で、晩飯いらないんだ。だから、いつもは手が回らないゴミの分別とかしてた」

「ああ、そうなんだ。じゃあ、間坂君の晩飯は？」

「んー、特には考えてないけど、ご飯と漬け物があれば……」

そう言うと、京橋先生はちょっと心配そうに優しい眉《まゆ》をひそめた。

「こら、駄目だよ。ひとりのときもちゃんと食べなきゃ。たまにはさ、外食とかすればいいのに。間坂君は料理人なんだから、外で旨いもん食うのも勉強のうちだろ？」

「それはそうなんだけどさ。楢崎先生が夜通し仕事してんのに、居候の俺がひとりで贅沢《ぜいたく》するのは悪いかなって。あ、先生はそんなせこいこと言わないけど、俺が気になんの」

「うーん。まあ当直は運だから、死ぬほど働かされる夜もあれば、悠々と寝てるだけの夜もあるよ。遠慮する必要なんてないと思うけど、間坂君は律儀だからなあ。……あ、そうだ。じゃあさ、うちに来ればいいじゃん」

「え？」

「二人が三人になったってどうってことないんだし、うちで食えよ。夕飯できたら電話するから、降りてくればいい」

「嬉しいけど、でもいいの？」

京橋先生が、恋人と二人暮らしなのを知っているので、俺は一応遠慮してみた。でも京橋先生は、少し照れくさそうに俺の肩を小突いた。

「ばーか、今さらそんな遠慮すんなよ。楢崎先輩がいない日くらい、他人の作った飯を食うのも悪くないだろ。な？」

ありがたいお誘いをこれ以上断るのもかえって失礼だと思ったので、俺は大きく頷いた。

「わかった。じゃ、せめて手土産《てみやげ》に一品作って持ってく。おかずってほどじゃなくても、何か食卓の彩りになりそうなもん。えーと、何がいいかな。あ、そうだ。今、猛烈に練習してるんだけど、だし巻き卵とかどう？」

「あっ、それ、すごい好き。プロの技ってやつ、見せてくれよ。たぶん、いつもどおりなら七時頃には飯にするんじゃないかな。そんじゃ、またあとで！」

京橋先生はそう言って、エレベーターに向かって歩き出し、振り返って俺に手を振ってくれた。

（ああ……あんなことしたら……）

前を見ていないと危ないと言おうとした瞬間、「うわあッ」という悲鳴とともに、京橋先生は潔いほど見事にすっ転んだ。

どうやら先生は昔からよく転ぶらしく、「病院でもよく転んでるな、あいつ」と楢崎先生がいつかしきりに感心していた。今日も、見事な受け身で素早く立ち直る。まるで起き上ががりこぼしでも見ているような鮮やかな身のこなしだが、そもそも段差も凹凸《おうとつ》もないフロアでどうやったらあんな転び方ができるのか、それが謎《なぞ》だ。

呆然《ぼうぜん》と見守る俺に恥ずかしそうに手を振り、京橋先生の姿はエレベーターの中に消えた。

「は一……。一応、楢崎先生にお許しもらったほうがいいよな」

見かけのクールさによらず、仲間はずれとか抜け駆けにはややナーバスな楢崎先生だ。俺がひとりだけ京橋家でご馳走《ちそう》になったと聞いたら、きっと気分を害するに違いない。

拗《す》ねた先生も可愛くていいのだけれど、ご機嫌を直してもらうのが若干大変なので、ちゃんとお伺いを立てるに越したことはないだろう。

「電話……は、仕事の邪魔になるかもだから、メールにしとこっと」

俺はジーンズのポケットから片手で携帯電話を引っ張り出しながら、ゴミ集積所へと向かった……。

それから二時間ほど後。

連絡を受けてからすぐに熱々のだし巻き卵を焼き上げた俺は、冷めないうちにと大急ぎで京橋先生の家を訪ねた。大急ぎでといっても、一つ下の階なので、五十歩かかるかかからないかの近距離移動だ。

「やあ、いらっしゃい」

扉を開けて迎えてくれたのは、京橋先生ではなく、先生の恋人、茨木畔《いばらきくろ》さんだった。

確か京橋先生より二、三歳年上だと言っていたから楢崎先生と同じくらいの年齢なのだろうが、楢崎先生とはまた違った感じに落ち着いた、穏やかな雰囲気の人だ。

京橋先生にタメ口なので、自然と茨木さんに対してもそうなってしまうのに、茨木さんのほうは俺にも楢崎先生にも、恋人である京橋先生にまで、敬語というか、とても丁寧な喋《しゃべ》り方をする。

気を遣っているのかと思いきや、それがデフォルトなのだそうだ。ぞんざいに喋れと言われるとものすごく無理をして消耗すると本人が主張するので、本当にそうなのだろう。

今は健康食品を製造・販売する会社でサプリメントの開発をしている茨木さんは、以前、楢崎先生や京橋先生が勤めているK医大付属病院の売店で臨時の代理店長をしていた。

俺の働いている「まんぷく亭」が、京橋先生の口利きでK医大の売店に弁当を卸すことになったのもちょうどその頃で、その縁で俺は茨木さんと知り合った。

茨木さんの臨時店長の仕事は、本当の店長さんが腰痛で休職している間の繋《つな》ぎだった。薬剤師の免許を持つ茨木さんがなぜそんな仕事をしていたかといえば、重い病気でK医大に入院中のお父さんの傍《そば》にいるためだったらしい。そのために、勤めていた健康食品の会社を辞めて病院の近くに引っ越し、売店で働くことにしたのだ。

残念なことにお父さんは亡くなってしまったが、幸いにも元の職場に復帰することができたし、売店で働いている間に、京橋先生という恋人とも出会った。「人生、悪いことばかりじゃない」の見本みたいな人だ。

今、茨木さんは、一ヶ月の大部分を京橋先生のマンションで暮らしている。完全な同居でないのは、茨木さんがまだ自分のアパートを引き払っていないからだ。

どうしてそんな無駄なことをするのかと京橋先生に訊《たず》ねたら、先生はちょっと困った顔をして、「たまにひとりの時間が必要なんだってさ」と教えてくれた。

なんでも、仕事のアイデアを捻《ひね》り出すとき（たぶん、新しいサプリか何かだろう）、茨木さんは部屋の中を何時間も檻《おり》の中のクマみたいにウロウロ歩き回るのだそうだ。

「その姿を俺に見られたくないんだって。機嫌も悪くなるから、八つ当たり防止に離れといたほうがいいって理由もあるらしい。俺はべつに気にしないのに、茨木さんて変なところで格好つけたがるんだよな」

そう言って、京橋先生はあっけらかんと笑った。

以前、その茨木さんの「格好つけ」のせいで、京橋先生は茨木さんがありのままの姿を見せてくれないことに苛立《いらだ》ち、自分がただ可愛がられるだけのペット扱いされていると思い込んで大喧嘩《おおげんか》になったことがある。でも、今は茨木さんが多少秘密っぽいものを抱えていても、京橋先生は全然平気だそうだ。

なぜかと追及したら、京橋先生は盛大に照れながらも「そりゃやっぱし、相手のことが好きだし、相手にも大事にしてもらってるってわかってるからさぁ」と説明してくれた。

つまり、相手の自分に対する愛情に自信が持てていれば、疑う気持ちも湧《わ》いてこない……ということなんだろうか。俺にはそのあたりのことはよくわからないけれど、二人はいつもほのぼのと幸せそうで、見ている俺もほっこりした気分になれる。

「あ、これ。お土産っていうか差し入れっていうか、だし巻き。今作ったばっかだから、熱々だよ」

そう言って持参した皿を差し出すと、茨木さんはフィルムを少し剝《は》がして匂《にお》いを嗅《か》ぎ、眼《め》鏡《がね》の奥の優しい目を細めた。

「うーん、出汁《だし》のいい匂いだ。さすが本職ですね。綺麗《きれい》に焼けてるじゃないですか」

「本職ったって、調理はまだまだ見習いレベルだよ。だし巻きは難しいから、こないだからまかないで練習させてもらってんだ」

「なるほど。さ、どうぞ。今夜は僕のお粗末な料理で申し訳ありませんが」

「申し訳なくなんかないよ。俺、すっごい楽しみにしてきたよ!」

「それはそれは。期待にお応《こた》えできるといいんですけどねぇ」

そんな他愛ない会話をしながら短い廊下を抜けてダイニングに入ると、ラフなジャージに着替えた京橋先生は、テーブルにせっせと取り皿を並べていた。

「よう。来たな」

そう言って笑う京橋先生は本当に開けっぴろげで、なんだかずっと知り合いだったみたいな気分にさせてくれる。俺たちは三人で小さなテーブルを囲んだ。

「いつも俺たちが呼んでもらうばっかだもんな。たまには逆も悪くないだろ?」

京橋先生はどこかワクワクした顔でそう言いながら、グラスにビールを注《つ》いでくれた。俺もテーブルの上を見回し、すごく嬉しい気持ちで頷く。

「うん、すっげーいいよ。俺、普段、自分の作ったもんしか食べてないからさ」

「言われてみりゃ、そうか」

「そう。朝飯も俺だし、昼のまかないも俺が作るし、晩飯も俺だし。たまに外食に連れてってもらうとき以外、ずーっと俺だもん。誰かが作ってくれた飯って、ホント貴重なんだよ」

そう言うと、茨木さんは少し意外そうな顔をした。

「楢崎先生は、料理は全然なさらないんですか?」

「食べるほうしか興味ないみたい。っていうか、食べることに興味が出てきたのも、俺が飯作るようになってからっぽいよ。それまでは、コンビニ弁当でもファーストフードでも、とにかく腹が膨れればそれでよかったんだって。……あ、茨木さんもビールでいい?」

「ああ、ありがとうございます。では、とりあえず」

そんな合図で俺たちはそれぞれグラスを持ち上げ、乾杯してから食事を始めた。

「やあ、うっかり定食屋さんに真っ向勝負を挑むみたいなメニューになってしまって恐縮

です」

茨木さんはそう言って苦笑いした。なるほど、今日のメインは豚の生姜焼《しょうがや》きだった。確かに、定食屋の定番中の定番メニューだ。

でも、「まんぷく亭」の生姜焼きはとにかくボリューム自慢で、皿からはみ出すほどの大盛なのに比べて、茨木さんのそれはとても小綺麗だった。

千切りキャベツは小さくこんもりと盛りつけられ、豚肉も生姜焼き用のぶ厚いものではなく普通の薄切りで、同じく細切りのタマネギと炒《いた》め合わせてある。ミックスベジタブルを入れて色鮮やかなポテトサラダは小さなガラス容器に盛りつけてキャベツの脇《わき》に置かれ、なんだかカフェ飯のようにお洒落《しゃれ》な雰囲気だ。

「いただきますっ」

俺は早速箸《はし》を取った。茶碗《ちゃわん》にてんこ盛りにしてくれたご飯の上に生姜焼きを載せ、一緒にかき込む。

「旨っ」

思わず、正直な感想が出た。茨木さんはホッとしたように微笑《ほほえ》み、京橋先生は自分の手柄みたいに得意げな顔で頷く。

「だろ？　負けてないだろ、『まんぷく亭』の生姜焼きに」

俺は次の一口を頬張《ほおば》り、大きく頷く。

「全然、負けてないよ。うちの店のはこう、ガツンと食える味つけなんだけど、茨木さんのは優しい味がする。家庭っぽいっていうの？　盛りつけもすごくキレイだしさ。それに、薄切り肉なのに全然パサパサしてないのが不思議だなあ」

「ああ、それはですね。小麦粉の力です」

「小麦粉？　まぶすの？」

「ええ。豚肉を焼く前に、小麦粉を軽く振りかけるんですよ。そうすると水分と熱の働きで小麦のデンプンが糊化《こか》……ああ失礼、糊《のり》のようになって、肉にごく薄く滑らかな衣がついた状態になりますよね。そのおかげで口当たりがよくなり、タレもよく絡みますのでぱさつきを感じることがありません」

　さすが理系。茨木さんはまるで学校の理科の先生のような口調で、さらさらとわかりやすく説明してくれた。京橋先生も俺も、揃《そろ》って「へー！」と驚きと納得の相槌《あいづち》を打つ。

「なるほど。衣にタレが染みるから、薄味でも物足りなくないいんだな。ってか、そんな違いに気がつくあたりが、間坂君もすげえな！」

　京橋先生は茨木さんの技術に感心するついでに、俺のことまで褒めてくれた。無邪気に振る舞っているように見えて、ごく自然に場にいる全員に優しくできる人なのだ。こういうところ、俺も見習わなくてはいけないと思う。どうしても、楢崎先生が一緒だと、先生のことばかり気になってほかが疎かになってしまうのは悪い癖だ。

「デンプンが糊のようになることで、多少、タレにとろみもつきますしね。片栗粉《かたくりこ》だともっとしっかりした粘度が出ますが、普通の炒め物なら小麦粉のほうが上品な気がして、僕は好みです」

茨木さんは、そんな細かいところまで解説を足してくれる。俺は、帰ったらすぐ紙にメモしようと思いながら頷いた。

「なるほどな。俺、とろみづけっていったら片栗粉って思い込んでた。料理の材料と作り方だけじゃなくて、ちょっとはそういう理屈も勉強しなきゃだなあ」

「そうですねえ。なぜその食材を使うべきなのかという理屈を知っていれば、役に立つこともあるでしょうね。僕のほうはまったく逆で、理論は頭に詰まっているんですが、技術がついてきません。僕らを合わせて二で割れば、ちょうどいい感じの主夫が二人できあがるんでしょうが」

「あはは。ホントだよな。だけど茨木さん、料理は全然ヘタクソじゃないよ。前呼んでくれたときは鍋《なべ》だったからよくわかんなかったけど、すごく丁寧に料理するんだなってわかる」

「そういう褒め方をされると嬉しいですよ。やはり喜んで食べてくれる人がいると、上達も早いようです。愛情を込めて作るからでしょうね」

茨木さんはそう言って京橋先生を見た。

「あ……愛情があっても、俺のほうはからっきし駄目だけどなっ。愛情だけは同じくらいあるけど、こればっかしは才能の問題」

　京橋先生はモゴモゴと弁解だかノロケだかわからないことを言い、俺のだし巻きにざくりと箸を刺す。茨木さんは、嬉しそうな笑顔のまま、今度は俺のほうを見た。

「いいんですよ、楢崎先生のお宅だって、料理を作るのは間坂君だけだそうですから。そんなものなんでしょう。そういえば間坂君もやはり、定食屋で仕事をしているときと家で食事を作るときは、味つけを変えるんですか？」

「うん。楢崎先生はそんなに白ご飯食べないし、やっぱ毎日のことだから薄味にしてるよ。次の日、残りを弁当に入れるとき、味つけし直しても濃くなりすぎないようにしてる」

「ああ、なるほど。やはりそこにも愛がありますねえ」

「そりゃもう、山ほど！」

「あはは、間坂君は、ホント照れずにのろけるよなあ。あ、だし巻き、すごく旨い」

「マジ？　よかった〜。でも、マスターに言わせりゃ、まだ客に出せるレベルじゃねえなって」

「プロの道は厳しいんですね。家庭料理なら、及第点以上なのに。本当に美味《おい》しいですよ」

　二人が喜んでくれて、俺はホッと胸を撫《な》で下ろす。

「サンキュ。二人にそう言ってもらえたら、楢崎先生にも自信持って出せそう」

「おや、楢崎先生にはまだ？」

「うん。卵焼きはしょっちゅう弁当に入れるけど、やっぱだし巻きは難しくてさ」

「なるほどねえ。そうか、楢崎先生は、毎日愛妻……じゃなかった、間坂君特製弁当持参なんでしたっけ。いいですね、愛情たっぷりが職場でも持続していて。ああそうだ、京橋先生も、僕の手作り弁当を持って行きたいですか？　僕の愛情を仕事中も実感したいと言ってくださるなら、喜んで作るんですが」

「ちょ……い、いきなり何言ってんだよっ。茨木さんだって仕事忙しいんだから、いいよそんなの……っていうか！　俺、間坂君に訊《き》きたいことがあったんだよっ」

茨木さんの本気ともからかいともつかない台詞《せりふ》に、京橋先生は両手でテーブルを叩《たた》いて顔を赤くし……そして、いきなり話を俺に振ってきた。

「な、何!?」

ビックリして問い返すと、京橋先生はまだ少し赤い顔と怒ったような口調のままでこう言った。

「楢崎先輩と間坂君のなれそめ！　まだ聞かせてもらってない！」

「へっ？」

目を剝《む》く俺の目の前で、茨木さんもポンと手を打つ。

「そういえばそうですよね。僕と京橋先生のことはリアルタイムでご存じなのに、そちらのことは存じ上げません」

俺は慌てて、両の手のひらを二人に向けた。

「え？　ち、ちょっと待って。待ってよ。ちゃんと最初の頃に話したじゃん。楢崎先生と俺は、医者と患者として知り合ったって。俺がバイト中にぶっ倒れて、担ぎ込まれた先に楢崎先生がいたんだってば」

京橋先生は腕組みして胸を反らした。

「それは知ってる。そっからつきあいが始まって、楢崎先輩が留学から帰ってから間坂君が先輩んちに転げ込んで押しかけ女房になって、で、今日に至るってんだろ？」

「そう。知ってるじゃん、なれそめ。……っていうか、なれそめだの押しかけ女房だの言ったら、楢崎先生が怒るよ。俺は楢崎先生に一目惚れで、そっからずーっと大好きだけど、先生のほうは違うもん。今だってつきあってるわけじゃないし、先生から好きだって言われたわけでもないしさ」

俺が正直にそう言うと、茨木さんと京橋先生はなんともいえない表情で顔を見合わせた。それから、見事に同じタイミングでクルリと俺に視線を戻す。二人して、可哀相《かわいそう》な子でも見るような目つきだ。

「な、何？」

たじろぐ俺に、出来の悪い生徒を見る先生的な表情で口を開いたのは、茨木さんのほうだった。

「あのねえ、間坂君。あの負けず嫌いで意地っ張りな楢崎先生ですよ。一生待っても、ご自分から『好きだ』なんておっしゃるわけがないでしょう」

「う……うん、まあ、それは、そう、かも」

京橋先生も、腕組みしたまま うんうんと頷く。

「そうだよ。それに、つきあうも何も、同棲《どうせい》四年目じゃん」

「ど、同棲っていうか、俺が押しかけ……」

「押しかけ同棲だろ！　もう、今さらだよ。まさか、俺の目の前で『あーん』とかやっといて、楢崎先輩に毎日弁当持たせといて、今も清い仲ですとか面白いこと言う気じゃないだろ、いくらなんでも！」

最後のほうは言いながら恥ずかしかったらしく、京橋先生はやたら早口で言い終える。俺も恥ずかしいけれど、相手が先に恥じらってくれると答えやすい。

「うん、まあ、それは……うん」

「だったらもう既成事実ありってか、立派にカップルだよ。んな弱気なこと言わずに、自信を持っていいって間坂君！　大丈夫だよ、心配ないって！」

京橋先生があんまり熱心に俺を力づけてくれるので、なんだか申し訳なくなってくる。

「う、うん……っていうか、俺、世間的な関係とかはどうでもよくて、先生が毎日快適に暮らせて、俺のこと傍に置いてくれたらそれで満足なんだ。だから、心配とかしてないよ、全然。大丈夫だよ！」

「欲がないですねえ、間坂君は。大丈夫、客観的に見て、君は楢崎先生にこよなく愛されてますよ」

茨木さんも苦笑いでそう言ってくれた。普段、そんなことを期待したりは本当にしない俺だけれど、他人にそんなふうに言ってもらえると、不思議に嬉しい。

「そ、そっかな」

気持ちが正直に出すぎて、声が上擦《うわず》っているのがわかる。京橋先生はクスッと笑って頷いた。

「そうだよ。でなきゃ、あの神経質な楢崎先輩が、自分ちに他人を四年も置いとくわけないじゃん。それにさ。最近、ナースの間でけっこう噂《うわさ》なんだよ、楢崎先生が変わったって」

「え？　変わった？」

「うん。留学前の先輩は紳士的だし仕事はできるしかっこいいし、非の打ち所のない人だったけど、どこかプライベートの領域には踏み込ませない冷たさがあったらしい。でも最近は、ちょっと雰囲気がやわらかくなったって」

「雰囲気が……やわらかくなった？」

「そう。よく笑うようになったし、患者さんにも優しくなったって消化器内科のナースが言ってたよ。それって、間坂君の影響じゃないかかな。俺はそう思うけど」

「そ、そ、そっかな。そうだったらすっげー嬉しいな、俺」

本当に嬉しすぎて、胸がどきどきしてきた。すると、そんな俺の鼻先に、京橋先生はひとさし指をビシッと突きつけた。

「俺は留学以降の楢崎先輩しか知らないけど、なんていうの、知り合った頃から比べたら、変な言い方だけど人間くさくなったなーって気がするよ。だからこそ！　俺は、そんなふうに先輩を変えた間坂君が、どんなふうに先輩に出会ってどんなことがあって今みたくなったかにすごく興味があるんだよ」

「え、えええ？　だ、だから話したって言って……」

「そんな大雑把な話だけじゃ足りないよ。だいたい、先輩にいくら突っ込んでもはぐらかされるばっかだし、いつか間坂君がひとりのときに、詳しく聞いてやろうと思ってたんだ」

どうやら京橋先生にとっては、今日の招待は絶好のチャンスだったらしい。やられたと思っても、もうあとの祭りだ。茨木さんも、京橋先生と同じくらい興味津々らしく、ニコニコして俺たちのやり取りを聞いている。

「そ、そんなあ。喋るのはいいけど、俺、楢崎先生によけいなこと言うなって怒られるよ」

「俺たちのことはぜーんぶ見て知ってんだから、そっちのことも知る権利、あるだろ？　大丈夫、先輩には言わない。万が一バレても、俺が無理やり聞き出したって言うから。なっ！」

「う、うー」

これ以上ごねても、諦めてくれそうにはない。京橋先生は優しいけれど、こうと決めたらすごく頑固な人なのだ。それに、晩飯をご馳走になっておいて、何も喋らないのもひどいような気がする。

仕方なく、俺は二人に念を押した。

「じゃあ、もうちょっと詳しく楢崎先生と出会った頃のこと話すけど、ホントに先生にそのことバラしちゃ駄目だよ？」

「うん、わかった！」

京橋先生は即座に約束し、茨木さんも笑顔で頷いた。その笑顔が微妙に怪しい……のだが、ここは腹を括《くく》るしかない。

「えっと……俺と先生が出会ったのは、五年前の……」

俺は、今となってはずいぶん遠くなってしまった記憶を辿《たど》りながら、ちょっとと言いつつ、結果的にずいぶん長くなってしまう話を始めた……。

第二章　飴《あめ》と鞭《むち》と初恋と

楢崎先生と俺が出会ったのは五年前の秋。俺は、まだ十八歳だった。

高校を卒業してすぐ、俺は働き始めた。

女手一つで俺を育ててくれた母親が高校一年のときに死に、俺は天涯孤独の身の上になった。遺してくれたささやかな貯金と放課後のアルバイトでどうにか高校は出たものの、その時点で有り金は尽きてしまった。

死んだ母親は、できることなら大学を出ろと言ってくれていたが、そんなことは夢のまた夢だ。勉強は苦手だったので、大学進学にはまったく魅力を感じないが、母の真意は「手に確かな職をつけろ」ということだったのだと思う。いつかやりたいことができたら、そのときに専門学校にでも通うことにして、進学はひとまず諦めた。

就職も考えたが、高校時代からのバイト先、「まんぷく亭」のマスター夫婦は、揃って高齢だ。俺が働き始める前は二人だけで店を切り盛りしていて、とても大変だったらしい。

店の営業は昼のみなので、高校生の俺に手伝えるのは閉店後の掃除と洗い物、そして翌日の仕込みだけだったのに、二人はとても楽になったと大喜びしてくれた。俺に親がいないことを知ってからは、おかみさんは細々した家事のコツを教えてくれたし、マスターは学校の参観日に来てくれたりした。俺にとって、マスター夫婦は祖父母のような大事な存在だ。

「まんぷく亭」は小さい店だし、給料も安いし、そのわりに重労働だし、俺が辞めたら新しい人がすぐ見つかるとは思えない。なんとなく辞め損ねて、結局、昼間は定食屋で働き、夜には警備員や工事現場の仕事をするという、完璧なフリーター生活に突入してしまった。

日がな一日がむしゃらに働き、明け方、開いたばかりの銭湯に寄ってからアパートに戻って寝るだけ。来る日も来る日もそんな生活だ。

俺は頭がよくないから、身体を目いっぱい動かして働くのが楽しい。

クタクタに疲れるし、そのわりに全然お金は貯まらないけれど、働くことで誰かの役に立っていると感じたかった。

家に帰るとひとりでも、仕事に行けば、マスター夫婦や、定食屋の常連さん、それに警備員仲間や、土木作業仲間……とにかくいろんな人に会える。そうした人たちと喋って、笑って、一緒に飲み食いできる。

今にして思えば、俺は寂しかったのかもしれない。

ひとりぼっちで、未来の見通しも立たず、お金も取り柄もない。夜、狭いアパートの一室でじっと黙っていると、誰に知られることもなく、自分がすうっと消えていきそうな気がして怖かった。

だから孤独と不安と恐怖から逃げるように家を飛び出し、あれこれ考える余裕もないほど働きまくった。食って、働いて、食って、寝て。その繰り返しが俺のすべてだった。

できるだけ生活を切りつめ、わずかな額でも貯金して、通帳の預金総額が増えていくのが妙に嬉しかった。とにかく、自分が今生きて働いているのだという事実が「数値」として出てくることに、俺はとてもホッとしていたのだ。

生活を切りつめるといっても、住《す》み処《か》はボロい木造アパートだし、着る物にはまったく拘《こだわ》りがない。衣食住で削る余地があるとすれば、あとは食だけだ。

幸い、昼飯は定食屋のまかないを腹いっぱい食べることができるので、一日のメインの食事をそこに据え、ほかの二食はおにぎりやパンで簡単に済ませることにした。そうすれば、光熱費や水道代も節約できて、一石二鳥というわけだ。

そんなふうにして、なんの彩りも潤いもない、ただ働くだけの生活がすっかり定着したある夜……俺は、突然ぶっ倒れた。

その日、いつものように定食屋での仕事を終えた午後五時過ぎ、俺はすでに空腹だった。

いつもなら、売れ残りの料理やご飯を食べていいことになっているのに、その日は日替わりが月に一度のサービスメニュー、ステーキ定食だったのだ。たくさん仕込んでもあっという間に売り切れてしまって、何ひとつ残っていなかった。しかも、そんな日に限ってうっかり財布を家に置いてきてしまったので、買い食いをすることもできない。

そんなわけで、オプションの間食なしで夜間道路工事のバイトに出かけるはめになった俺は、空《す》きっ腹《ぱら》を抱えたままで、アスファルトの道路に穴を空ける作業をしていた。

古くなって傷んだ道路をメンテナンスするとき、範囲が広いと重機で掘り起こすのだが、ごく狭い部分でいいときは人力で剝がす。アスファルトカッターという平たい刃を取りつけたハンマードリルを使って、必要な箇所だけを地道に剝がしていくのだ。

ぶ厚いアスファルトを割ることができるマシンだから、当然すごいパワーだ。ハンドルを握る手だけでなく、全身に振動が伝わって、空きっ腹にビリビリ響く。

「この作業してると、腹、よけいに減ってくる気がするなあ……」

そういえば定食屋にくるOLさんたちが、「ブルブル振動して脂肪を燃焼させるダイエットベルト」の話で大盛り上がりしていた記憶がある。ハンマードリルを使っていると、全身の脂肪が燃焼して腹が減るのかもしれない、これぞ現場ダイエット……とぼんやり馬鹿なことを考えていたら、突然、両手が痺《しび》れたようになって、力が入らなくなってきた。

「!?」

軍手の下で、ハンドルが跳ねる。慌てて両手の指に力を入れて握ろうとするけれど、なぜか上手くいかない。そればかりか、両脚にもジワジワと急速に痺れが広がっていく。

「わ……っ、え、ちょ、な……」

焦っていたら、今度は目の前にぼんやりと霞《かすみ》がかかってきた。誰かに異状を訴えようとしたけれど、腹に力が入らず、声が出ない。

(何かおかしい。これはさすがにちょっとヤバイ)

言うことを聞かない身体に焦っていると、ついにドリルが脱力した手から離れ、大きく跳ねた。そのまま地面に倒れて、すごい騒音を立てる。大きな音のはずなのに、それすらなんだか遠くから聞こえる気がした。

「おいっ、何やってんだ兄ちゃん!」

「危ねぇぞ! とにかく、そっからどけっ」

近くで別の作業をしている人たちの驚きの声が飛んできた。

やばい、早く起こさないと現場監督にこっぴどく怒られる。というより、危ない。アスファルトをほじくるカッターが脚に当たったら、どんな恐ろしいことになるかは想像するまでもない。

「手……ふる、え……」

なんとかして状況を伝えようと絞り出した声は、蚊の鳴くように小さかった。全身がびくとも動かないどころか、もう視界は真っ暗で、身体を真っすぐ支えることすらできない。

(なんだろ……俺、死ぬのかな。ていうか、ドリル、壊れてませんように)

自分の命よりカッターの無事を祈りつつ、俺は自分の身体が道路に勢いよくぶっ倒れるのを感じ……そしてそのまま、気を失った。


「…………?」

目が覚めて最初に見えたのは、真っ白な天井だった。剝き出しの長い蛍光灯が目に染みて、俺はパチパチ瞬《まばた》きしながら横を向く。

すると、愛想も素っ気もない事務机と椅子《いす》が視界に入ってきた。机の上にはペン立てとパソコン、それに書類のようなものが置いてある。

「?？？？」

確か、俺は工事現場にいたはずだ。

(あ、そうだ。急に手足が痺れて、身体から力が抜けて……ぶっ倒れたんだ、俺)

でもここは現場ではないし、現場の事務所でもない。

「どこだ、ここ……？」

やたら白くてだだっ広い室内で、俺は黒くてカチコチの、幅の狭いベッドに寝かされていた。しかも、ベッドが短いのか俺の背が高すぎるのか……たぶん百八十七センチあるので、俺のせいだ……長さが足りなくて、靴を脱がされたつま先は宙に浮いている。

腹にはお愛想程度にタオルケットがかけられているが、枕《まくら》も何もない。目は見えるようになっていても、やはり身体には力が入らず、手足の先がヒヤヒヤして指が震える。頭が痛くて、気分も悪い。

そして、室内には奇妙な匂いが漂っていた。馴染《なじ》みはないけれど初めてではないその匂いが、小学校の保健室のそれと同じだと気づいたとき、水色のカーテンの向こうから複数の男の声がした。

『先生、早くあいつ診《み》てやってくれよ。あんなに青い顔して、死ぬんじゃねえか？』

『突然倒れたんだよ、ったく、どうしたんだかなあ』

『そうそう、バターンってすっげえ音立てて』

『手が震えるとか言った気がすんだけど……それってアレか先生、頭か!? 卒中か？』

こっちは聞き覚えのある声だ。工事現場でしょっちゅう一緒に仕事しているバイト仲間のおじさんたちが、どうやら俺をここに担ぎ込んでくれたらしい。

工事現場で働く人は、騒音に負けないように話すので普段から喋り声が大きいのだが、今はいつにも増して大声だ。俺のことを心配してくれているのがわかって、いたたまれない気分になる。

（そっか……。ここ、きっと病院だ。みんな、俺を病院に運んでくれたんだ）

ようやくそこまで理解が進んだとき、「とにかく診察しますから、皆さんはそこでお待ちを。中には入らないように」という、ちょっと苛立った男性の声がして、カーテンが勢いよく開いた。

入ってきた人を見て、元からぼんやりしていた俺は、さらにぼーっとしてしまった。

それは、中肉中背の、おそらくは三十歳前後の男性だった。ワイシャツ・ネクタイの上からパリッとした白衣を着込み、首に聴診器を引っかけているところを見ると、お医者さんなのだろう。

外で工事仲間にさんざんせっつかれたせいか、眉間《みけん》に深い縦皺《たてじわ》を寄せ、表情だけで「ウザイ」と雄弁すぎるほど語っているその先生の顔が……史上最高に、好みのタイプだったのだ。

わかっている。相手は男だ。

でも、ほっそりした輪郭も、あっさりした直線的な顔立ちも、フレームレス眼鏡の奥の鋭い切れ長の目も、ものすごく神経質そうな眉も、形のいい額も、いかにも清潔そうなサラサラの髪も、とにかく何もかもが理想のパーツだったのだから仕方がない。

（うっわあ……！）

ぐんにゃりと横たわったまま、俺は先生の姿に見とれていた。正直そのときには、初めて会った理想のルックスの持ち主が同性であることにショックを受ける余裕もなく、ただひたすらに見とれるばかりだったのだ。

流しでガシャガシャと手を洗った先生は、タオルで手を拭《ふ》きながら俺のほうを見た。お医者さんとは思えないくらい、不機嫌な顔つきだ。もう全身から、苛立ちのオーラがみょんみょん放出されているのがわかる。

「……ったく、休憩室からとんぼ返りさせておいて、ナースもいないのか」

低い声で早口に悪態をつき、おまけに小さな舌打ちまでしながら、先生は俺が寝かされたベッドに近づいてきた。

「さてと。お仲間に聞いたところではいきなり倒れたそうですが、どうしました？　喋れますか？」

ニコリともせず、先生はいきなり俺の手首をむんずと摑《つか》んで問いかけてきた。たぶん、脈をはかっているのだろう。

「は……はい」

倒れる前と違って、どうにか声が出た。でも、ひどく掠《かす》れた情けない声だ。先生は仏頂面のまま、もう一方の手で俺の下瞼《したまぶた》をグイと引っ張る。

「顔色が悪いが、貧血……は、なさそうだな。気分は？」

「……イマイチ」

「ふむ。……倒れた原因に、何か心当たりは？　持病はありますか？」

その質問に「わからない」と答えようとしたそのとき、ぐううう……と、まったく空気を

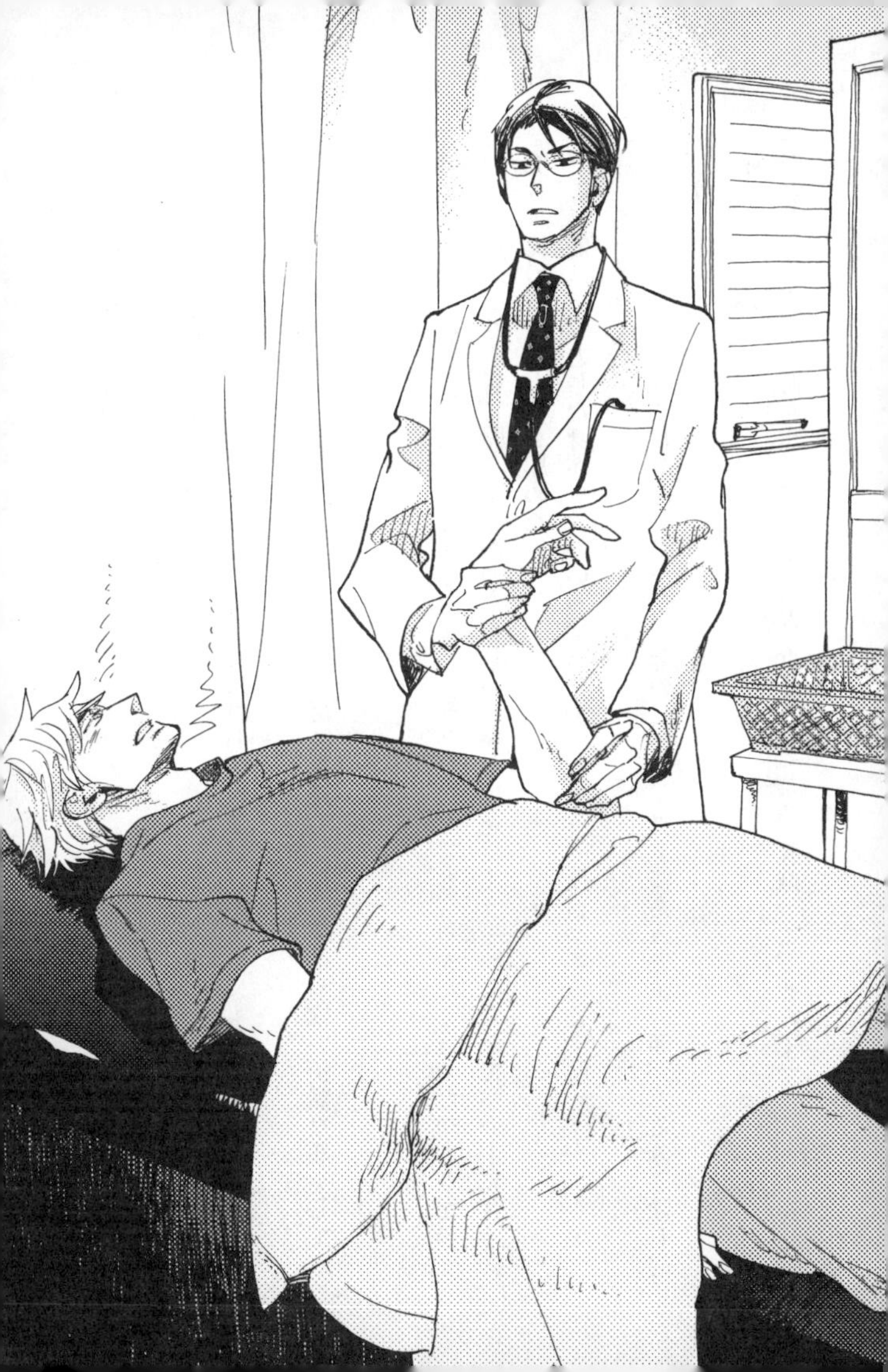

読まない音が腹から響いた。

なるほど、そうか。

その瞬間に、倒れた原因がわかった。

けれど、病院に担ぎ込まれて、お医者さんに打ち明けるにはあまりにも恥ずかしい理由だ。

「え……と」

俺が躊躇《ためら》っていると、先生はますます眉間の縦皺を深くした。理系っぽい綺麗な顔をしているのに、ずいぶん短気なようだ。

「何か?」

刺々《とげとげ》しく訊ねられて、俺は仕方なく白状しようとした。でも、ちゃんと言ったつもりだったのに、声が小さすぎて聞こえなかったらしい。先生は超絶イライラした顔でベッドに片手を突き、俺のほうに上体を屈《かが》めた。

そこで俺は、脱力した身体でせいいっぱいの声で、もう一度言ってみた。

「腹、減りすぎて」

今度は比較的ハッキリした声が出たが、そのせいで、真上にある先生の顔がみるみる険しさを増していく。

「……あ?」

「だから……えと、財布忘れて……昼前に食ったきりで、腹減って、そんで」

「もういい」

乱暴に俺の言葉を遮った先生は、深い溜め息《たいき》をついて背筋を伸ばした。そして、ようやく診察室に入ってきた若い看護師さんに、こっちが思わず首を竦《すく》めてしまうほど殺伐とした声で言い放った。

「ビーフリードはあるか？　いや、なんでもいい。とにかく糖分たっぷりの点滴を持ってきてくれ」

「あります。すぐ用意します」

きつい口調に、看護師さんはビックリした顔でカーテンの向こうへ駆けていく。

「びー……ふりー、ど？」

転がったまま問いかけた俺に、先生は前髪をかき上げ、鬱陶《うっとう》しそうにぼやいた。

「ったく。今夜はなんなんだ。当直バイトにきてみれば、急性クループ疑いの子供は来るわ、バイクで転んで額の割れたヤンキーは来るわ、耳にハエが入った大学生は来るわ……無茶な患者ばかりで参る」

「す、すいません。俺も無茶な……患者？」

「……ああ、すまん。そういうことじゃなく、ちょっと気が抜けてな」

そう言って、先生はようやく少しだけ笑ってくれた。笑ったといっても、下がりっぱなしだった口角をほんの少し上げただけだけれど、俺は少し安心して、椅子にドスンと腰を下ろした先生の顔を見る。

「気が、抜けた?」

先生は頷いて、ゆったり脚を組んだ。たぶん身長は俺よりだいぶ低いけれど、膝《ひざ》から下が長くて、すらりとした脚だ。

「考えてもみろよ。お前を運び込んできたのは、どこからどう見ても土木作業員のマッチョなおっさんたちだぞ。そんな集団が顔色を変えて待ち構えているのを見れば、てっきり『作業中の事故で負傷』という事態を想定するじゃないか」

「う、うん」

先生は、首から提げた聴診器の先を軽く持ち上げ、今度はもっとはっきりと苦笑いしてみせた。

「俺は内科の医者だからな。正直、専門外の……特に外科系の症例については経験不足なんだ。診断はできても、完璧な処置ができるほどの技量はないと自覚している。だから、ここに入る前はずいぶん緊張したんだ。骨折か、それとも裂創か、挫創《ざそう》か、それとももっと厄介な状態なのかと。それなのに……」

「……なのに?」

「お前ときたら、血だらけでもどこか欠けているでもなく、ただ青い顔でひっくり返っているだけだ。しかも、腹が減りすぎときたもんだ」

本当に気が抜けたのだろう。先生は最初の丁寧な言葉遣いをすっかり忘れて、ずいぶんざっくばらんに喋っている。でも、そのほうが俺もちょっと気が楽になっていい。

「ごめんなさい。病院なのに、ハラペコなだけで来ちゃ駄目、だよね」

「馬鹿を言うな。いや、馬鹿馬鹿しいのは確かだが、お前は、俺の守備範囲ストライクの患者だ」

「へ？」

空腹でぶっ倒れた俺が、どうして内科の先生の患者に……と訊ねようとしたら、さっきの看護師さんが慌ただしく戻ってきた。その手には、素人《しろうと》の俺にも明らかにそれとわかる点滴のプラボトルと長いチューブがある。

「先生、五百ミリでいいですか？」

「ああ、まあ当座の繋ぎにはなるだろう」

「はい」

看護師さんがベッドサイドのスタンドにボトルを引っかけるのを見て、俺はそれが自分用であることに気づき、ただでさえヒヤヒヤする顔から残りの血が一気に引くのを感じた。

「え？　ちょ、待っ……、な、何、それッ。俺ハラペコなだけで！」

自慢ではないが、俺は注射のたぐいが大の苦手だ。インフルエンザの注射ですら、熱が出たとか下痢《げり》したとかいろいろ理由をつけて回避しようとして、そのたび担任にこっぴどく怒られた。注射でもそれなのに、点滴なんて冗談じゃない。

「そんなのいらな……うわあぁ」

でも、起き上がって逃げようとしたら、頭を上げた瞬間にものすごい眩暈《めまい》に襲われ、俺はそのまま再びベッドにひっくり返った。先生も看護師さんも、そんな俺を呆《あき》れ顔で見ている。

「動くな。またぶっ倒れるぞ。そんなに大きな図体で、点滴如きに何をそんなにビビってる」

先生はそう言いながら、俺の腕をむんずと掴んだ。看護師さんが差し出したゴムバンドを慣れた手つきで俺の二の腕にきつく巻きつける。

「太い腕だな。どこの格闘家だ。……ほら、拳《こぶし》をきつく握り込んでみろ」

「力……入らない。っていうか、病気じゃないから、俺！　点滴とか……」

「うるさい。ここは病院で、俺は医者で、お前は患者だ。診察室に入ったからには、治療を受けずに出ることは許さんぞ」

「だーかーらー、俺は病気じゃないんだってば」

「それは俺が決める」

キッパリ言い切って、先生は無理やり俺の手をぐーにした。俺たちのやり取りにクスクス笑いながらも、さすがプロ、看護師さんはテキパキと点滴の準備を進めていく。

「わ……あ、あ、あ、ホントに怖いんだってば！」

「怖いなら見るな」

「見なかったら、いつ針が刺さったかわかんなくて、よけい怖いじゃん！」

「だったら見てろ」

「ど、どっちも嫌だ。ぎゃー！」

俺は思わず悲鳴を上げた。先生はゴシゴシと荒っぽく俺の肘《ひじ》の凹《へこ》みを消毒すると、なんの迷いも予告もなく、ズブリと針を突き立てたのだ。

「やかましい奴だな。痛くなかっただろうが」

「ない、けど、でも！」

「でもクソもあるか。これしきのことで、男が悲鳴なんぞ上げるな、恥ずかしい。……もういいぞ。手が足りないんだろう？」

バキバキに固まった俺の拳を無理やり開き、ゴムバンドを外し、針をテープで固定してしまうと、先生は俺を叱《しか》る片手間に看護師さんに声をかけた。

「すみません、じゃ、あとよろしくお願いします」

どうやらほかの病室も取り込んでいるらしく、看護師さんはホッとした様子で出て行く。診察室には、俺と先生だけが残された。

「……これでよし。観念してジッとしてろ。針を抜いたりしたら殺すぞ」

先生は点滴のスピードを調節すると、物騒な言葉を残してふいっと診察室を出て行ってしまった。

カーテンの向こうからは、現場仲間のおじさんたちと先生が何やら話している声が聞こえてくる。どうやら、俺の状態を説明しに行ってくれたらしい。

しばらくして戻ってきた先生は、ゲンナリした顔で首を捻った。

「やれやれ。現場の人は、みんな声がでかいな。鼓膜が疲れた。……それにしてもお前、人望があるんだな。みんな、恐ろしく心配していたぞ」

「俺、元気だけが取り柄だったから。うう、迷惑かけちゃったな。みんな、まだいる？」

「いや、心配ないと説明して、帰ってもらった。どのみち今夜はお前を現場に戻すわけにはいかないし、いつまでもみんなして抜けてたんじゃ作業が滞るだろうしな」

「……そっか。ありがとう」

「で？ どうだ、具合は」

促されて、俺は両手の指をにぎにぎしてみた。

まだ完璧ではないが、かなり力が戻っている。そういえば、気分の悪さもずいぶん治ってきた。もう、手も震えていない。

「なんか、急によくなってきた！ 点滴ってすげー効くんだね」

「点滴がというか、点滴の中のブドウ糖がな」

「ぶどう……とう？」

先生はもう一度椅子にかけ、面倒くさそうに、けれど律儀に説明してくれた。

「糖分だ。お前、そんな大きな身体で、しかも空腹で肉体労働に従事するのは、無茶がすぎるぞ。倒れた理由は、低血糖だ」

「てい、けっとう？　決闘？　誰とも戦ってないよ、俺」

「ばーか。その決闘じゃない、血糖、血液中の糖分のことだ。低血糖ってのは、つまり電池切れだな。さっきお前、腹が減りすぎて倒れたって言ったろ？」

「うん」

「米でもパンでもパスタでも、主食が消化されて行き着く先は、すべからく糖類だ。糖類ってのは、人間がいちばん効率よく使える栄養素、つまり、お前の動力源の主軸なんだ。それを補給せずに働き続けたせいで、エネルギーを使い果たしてぶっ倒れたんだよ」

「なるほど～。それで今、点滴で砂糖を入れてくれたから、俺、元気になってきたわけ？」

「そうだ。ブドウ糖は吸収がいいから、栄養はすぐに全身を巡る。頭もハッキリしてきただろう？　最初に比べれば、ずいぶんまともに喋れるようになってきた」

「うん。もういつもどおり。つっても、普段からそんなによく働く頭じゃないけどさ」

「それは俺の知ったことじゃない。しかし、低血糖を舐《な》めるなよ。それで死ぬことだってあるんだからな。だから、お前はれっきとした内科の患者だと言ったんだ」

「死ぬの？　マジで!?」

「本当だ。脅しじゃないぞ。人間の脳ってのは、身体じゅうでいちばん糖分を消費する臓器なんだ。だから、栄養状態が悪くなると、真っ先にやられる。脳がやられたら、ほかが無事でも人間はアウトなんだからな。そのくらいはわかるだろう？」

「う、うん」

「特にお前はガタイがいいから、いかにも燃費が悪そうだ。用心のため、常に飴か氷砂糖を持ち歩いておけ。チョコレートでもいいが、あれは溶けるからな」

先生は、学校の教師みたいにスラスラと、しかもわかりやすく説明してくれて、アドバイスまでつけ加えてくれた。

「わかった。そっか、飴も砂糖だもんね。それにしても、お医者さんってやっぱり賢いんだなあ」

最初はピリピリして怖いだけの人かと思ったが、しばらく話してみると、口調こそつっけんどんでも、基本的に親切な人らしい。具合がよくなってきたのと、理想の顔を持つ人と喋っていられるのが嬉しくて、俺は思わずそんな軽口を叩いてしまった。

怒られるかと思ったら、先生はニヤリと笑って、長くて綺麗な指で眼鏡を押し上げる。

「ばーか。医者じゃなくても、こんなことは常識だ。さて、今のうちにカルテを入力しておくか。お前、保険証を持ってきてはいないよな？」

「んー。保険証、持ってはいるけど、財布の中だから……」

「家に置いてきた、か」

「うん。……あっ、そうか。ゴメン、財布がないから、治療費も払えないや今日。どうしよう」

「わかってる。今夜は忙しいから、会計は後日のほうが、事務方もかえって助かるだろう。近いうちに、払いにくればいい」

「あの……これ、高い？」

俺は怖々点滴を指さした。これまで医者にかかったことなんてないので、点滴一本でいくらくらいかかるのかわからず、急に怖くなる。点滴でよくなったのは嬉しいけれど、そのせいで今月、飯が食えなくなるほど高価だったらどうしよう……。

そんな不安が、顔にありありと出ていたのだろう。先生は厳しい表情をちょっと和らげ、

「心配するな」と言ってくれた。

「まあ、初診料が多少響くだろうが、健康保険に入っていさえすれば、点滴くらいどうってことはない金額だ。特にこれは、基本的にただの砂糖水だからな」

「そ、そっか、よかった」

あからさまにホッとする俺に、先生はなんだか微妙な顔つきで訊ねてきた。

「お前、年はいくつだ？」

「ん？　十八」

「高校生か」

「ううん、春に卒業した。早生まれなんだ。バレンタインデーが誕生日！」

そう言ったら、先生は小さく吹き出した。笑うと、冷たく整った顔が、急に人間らしく見える。ますます好みの顔だ。

「それはまた、似合わない誕生日だな。親御さんは？　もう心配はないだろうが、一応迎えに……」

「いない」

そう言ったら、先生は軽く眉をひそめた。

「いない？」

「うん。うち、両親が早くに離婚したんだ。で、ずっと母親と二人で暮らしてたんだけど、その母親も一昨年《おととし》死んだから」

「……そうか。そりゃ大変だな。なるほど。それで勤労青年ってわけか」

先生は、微妙な顔つきでそう言った。たぶん悪いことを聞いたと思っている、気まずそうな顔だ。ポーカーフェイスなのかと思ったら、意外と気持ちが顔に出るタイプらしい。

「大変は大変だけど、全然可哀相じゃないよ？」

そう言ったら、先生はますます複雑な表情で絶句した。どうリアクションしていいかわからなくなったらしく、パソコンのモニターに視線を向けてしまう。顔が見られなくなったのは残念だが、スッキリした顎《あご》のラインも襟足も、清々《すがすが》しく伸びた背筋も、とても綺麗だ。

「誕生日はバレンタインデー……と。名前は……ぶば！」

電子カルテというやつなのだろうか。軽快にキーボードを叩いてデータを入力していた先生は、突然盛大に吹いた。画面と俺を何度も見比べ、肩を震わせている。

「な、何?」

「こ……こ、これ、本気か? いや、本名か?」

モニターを指さし、先生は上擦った声でそう言った。そこには、おそらくはここに担ぎ込まれたときに同僚に聞いて入力してあったのだろう、すでに俺の名前が表示されている。

笑われた理由がわかって、俺は思わずふくれっ面になった。昔から、名前のせいでいろんな人に笑われ続けてきたのだ。なぜなら……。

「ま、ま、まさか、まんじろう……! 間坂万次郎って、どこの旅芸人だよ! 語呂がよすぎるだろう」

先生は机を叩いて大受けしている。

そう、俺の名前は「万次郎」というのだ。おかげで中学時代も高校時代も、ずっとあだ名は「ジョン」だった。もちろん、由来は日本史の教科書に出てくる「ジョン万次郎」だ。

そこにもってきて、名字が「間坂」なので、フルネームで呼ぶとなんとも言えない語感になってしまう。

「何、笑ってんだよ～」

慣れているとはいえ、あまりにも笑われるので、文句の一つも言いたくなって口を尖《とが》らせると、先生は笑いすぎて目尻《めじり》に滲《にじ》んだ涙を拭《ぬぐ》いながら言い訳した。

「いや、悪い。でも、これはないだろう。今どきのガキといえば、芸能人ばりに読めない名前に四苦八苦するのが普通だってのに……万次郎……ぷぷぷ」

「仕方ないだろ！　俺がつけたわけじゃなし」

「それもそうだな。しかし……うわはははは」

「笑いすぎ！」

「あー、重ね重ね、すまん。病院ってところは娯楽が少ないんでな。つい。ははははは」

名前を馬鹿にされるのは腹立たしいが、先生が楽しそうに笑っているのを見るのは、なんだか悪い気がしない。でも笑われっぱなしでは悔しいので、俺はこのチャンスに乗じて、先生の名前を聞き出すことにした。

「ちぇっ。俺の名前で笑ってばっかじゃずるいよ。先生の名前も教えてくれなきゃ」

「あ？　俺か？」

「うん。だって、診察してもらった先生の名前もわかんないんじゃ、あとで困る」

「それもそうか。楢崎だ」

「下の名前は？」

「俺の下の名前なんか聞いたって、仕方ないだろう。受付で楢崎といえば話は通るぞ」

「だって、不公平じゃん。俺だけ名前笑われてさ」

「……なるほど」

　先生はちょっと嫌そうな顔をしたが、それでも素直に教えてくれた。

「千里。楢崎千里だ」

「ちさと？」

「ああ。『千里の道も一歩から』の千里と書いて『ちさと』だ」

「ふうん」

「女みたいな名前だと、笑い返してもいいんだぞ」

　どうでもよさそうにそう言ってのけた先生の眉が、ピクピクしている。本当に笑ったら、たぶん俺は殺されると直感した。というより、先生が気にするほど「女みたい」な名前だとは思わなかった。それよりも……。

「いい名前じゃん。先生によく似合ってる」

「似合ってる？　俺に？」

「うん。ならさきちさと、かあ。うん、先生っぽい」

「なんだ、そりゃ」

　俺が本心から言っているのがわかったのか、先生は少しホッとしたような拍子抜けしたような顔で肩を竦めた。

「年は？」

「お前より十歳上だ」

「二十八？　オトナだなあ」

「まだまだ社会的には若造だが、お前に比べれば、な。……少し滴下が速すぎるか。腕がヒヤヒヤするだろう」

小馬鹿にするわけではなく、ただ事実を口にしただけという感じで先生はそう言い、几帳面に再び点滴のスピードを調節してくれる。

俺はただ、先生の名前をタナボタでゲットできたことが嬉しくて、先生の顔を見てニコニコしていた……。


いつまでも喋っていたい気分だったけれど、点滴はやがて終わり、針が抜かれた。小さな傷口には、これまた小さな絆創膏《ばんそうこう》が貼《は》られる。

「もう大丈夫だとは思うが、注意して起きろ」

そう言われたので、俺は両手で身体を支えながら、ゆっくり起き上がってみた。

点滴パワーはすごい。もうふらつきもしないし、手足もいつもどおりちゃんと動く。

「大丈夫みたい」

そう言うと、当然だと言いたげに頷いた先生……楢崎先生は、ヒョイとカーテンをめくって外を見た。

「お前の相手をしている間に、患者も一段落したみたいだな。……よし」

何が「よし」なんだろうと思っていたら、先生はさっさと聴診器を外して机に置き、白衣を脱いだ。ちょうど外を通りかかった看護師さんをつかまえて、声をかける。

「ちょっと暇そうだな。食事に出てきていいか？」

『大丈夫ですよ～。あ、携帯電話は忘れずに、あとお酒は飲まないでくださいね、先生』

「俺は、そこまで神経が太くない」

看護師さんの警告混じりの冗談にぶっきらぼうに言い返し、先生は靴を履きかけた俺を見てこう言った。

「行くか」

「へ？　どこへ？」

キョトンとして顔を上げると、先生はムスッとした顔で、叩きつけるように言った。

「聞いていただろう。飯だ」

「え？」

「今日は忙しかったから、俺も晩飯がまだなんだ。出前でも取ろうかと思っていたが、お前がいるんなら、近くでぱっと食うのも悪くない」

どうやら、食事に誘ってくれているらしい。でも……。

「だけど、俺、お金ないよ」

「馬鹿、誘うからには、俺の奢《おご》りに決まってるだろう」

「それは……そこまでしてもらっちゃ悪いよ」

先生の気持ちはとても嬉しいけれど、いくらなんでもそこまでしてもらっては申し訳ない。親がいないと聞いて同情してくれているのだろうが、そんなに気を遣ってもらういわれはないのだ。

でも、俺が辞退する前に、先生はピシャリと言った。

「ガキが変な気を遣うんじゃない。点滴は確かに効くが、それで一日分のエネルギーが補充できたわけじゃないんだ。体調が落ち着いたところできちんと食わなきゃ、元も子もない。これも治療の一環だと思って、おとなしくついてこい。……俺にしても、ひとりで食うよりは、ツレがいたほうがいい。それだけのことだ」

べつに同情なんかじゃないぞ、と駄目押しのようにつけ加えて、先生は顎をしゃくった。

「早くしろ。急患が来たら、その時点でアウトになる話なんだからな。行くぞ」

「う……うわあ、はいっ」

ありがたいやら申し訳ないやら、やっぱりすごく嬉しいやらで、俺は慌ててベッドから飛び降り、病室を出て行く先生を追いかけた。

「なんか不思議だなあ。理屈は聞いたけど、信じらんない。点滴一本でこんなに楽になっちゃうもん？」

病院の裏口を出て、暗い通りを歩きながら、俺はぴょんと跳ねてみた。もう、どこにも違和感はない。ハラペコなだけで、すっかりいつもの俺だ。

「それだけ、低血糖が恐ろしいってことだ。若さと健康を過信するなよ」

ツケツケと言いながら、楢崎先生は大股《おおまた》に歩いていく。

「ラーメンでいいか？　いいよな」

質問しておきながら、答える隙をくれずに会話を終わらせてしまう。先生は本当に、ずいぶんせっかちな人らしい。でも、ラーメンは大好きだから、もちろんOKだ。

先生が連れて行ってくれたのは、病院のすぐ近くにある小さな中華料理店だった。もう時間が遅いので、俺たち以外に客はいない。

初めてではないらしく、店の親父《おやじ》は先生を見ると愛想よく挨拶《あいさつ》して、水を持ってきた。

「いらっしゃい。当直、お疲れさん」

「ありがとう。今日はよく食う奴を連れてきたから……」

先生はメニューも開かず、俺にも見せてくれずに料理を注文した。

ラーメン二つ、ニンニク抜き餃子《ギョーザ》二人前、レバニラ炒め、春巻き、酢豚、唐揚げ。

ついぞ聞いたことがないような、豪華ラインナップだ。料理の名前を聞いただけで、口の中に唾《つば》が湧き、腹がぎゅーぎゅー苦しいほど自己主張する。

先生はコップの水をごくごく飲むと、テーブルに誰かが置いて行ったらしい新聞を手にした。一面の政治家汚職ニュースを読んでいるその顔は、顰《しか》めっ面だがやはり綺麗だ。

することもないので、俺は先生の顔をこのときとばかりにじっくり観察した。

わりと苛ついた言動をするわりに、先生の顔立ちはとても繊細だ。いかにも理系の、頭の切れそうな人という感じがする。

相手の心まで見透かすような鋭い目も、皮肉っぽく片方だけ吊《つ》り上げた眉も、すっと通った高い鼻筋も、不機嫌そうに引き結んだ薄い唇も、シャープな頬も、頬杖《ほおづえ》をついた器用そうな手も……やっぱり、全部が猛烈に好みだ。

さっきは、低血糖とやらで頭がぼーっとしていたせいかもしれないと思ったが、今、まともな状態でも、檜崎先生は俺の理想を寄せて固めたようなルックスで……そして中身も、とてもいい人だ。でなければ、見ず知らずの俺に、こんなに親切にしてくれたりしない。

「……なんだよ」

あまりにもジロジロ見すぎたのか、先生は新聞から顔を上げ、怖い顔で俺を睨《にら》んだ。俺は慌てて軽くのけ反り、両手を振る。

「なんでもないっ。せ、先生は美人だなーって思ってただけで」

「ああん?」

先生の眉がキリリと吊り上がる。

そうだった。美人は、あまり出会ったばかりの、しかもかなり年上の男の人に対して使う褒め言葉ではなかった。

「あ、いやそのっ。今のなし！　ええと、男前だなって！」

「……男前と美人は、まったくニュアンスが違うと思うが」

「とにかくかっこいいって思ったんだってば！　そ、それより先生、ここよく来るの……じゃない、来るんです、か？」

うっかりずっとタメ口だったことに気づき、俺はとってつけたような敬語で話題を変えてみた。先生はバサリと新聞を畳んで脇に置き、まだ不機嫌そうな顔のままで答えてくれる。

「あの病院には、週に一度、当直のバイトにくる。そのとき、たいていここにきて食うか、出前を取るか、どっちかなんだ。……というか、べつにあらたまった喋り方をする必要はないぞ。そういうのは苦手なんだろう？」

「あ、う、うん。あんまり得意じゃない。敬語とか」

「だったら普通でいい。目の前で緊張されると、こっちも居心地《いごこち》が悪くなる。……まあ、ここは小汚い店だが、料理は旨いから安心しろ」

「そりゃ褒めてんのかねえ」

先生がこの店に対する微妙な評価を口にしたとき、超タイムリーに親父がラーメンを運んできた。

「褒めたつもりだったんだが。貶《けな》すなら、小汚いじゃなく、汚いと正直に言った」

「ああそうかい。そりゃどうもありがとよ」

先生は意外と口が悪い。でもそれにはもう慣れっこらしく、親父は豪快に笑いながら鉢を置いて厨房《ちゆうぼう》に戻っていく。

ラーメンは昔ながらの醤油《しようゆ》ベースのスープで、盛大に湯気が立ち上っている。せっかくおとなしくなっていた腹が、また周囲に響くくらいの大音量で鳴った。

「好きなだけ食え。足りなければ、また頼めばいいんだから。奢ってもらえるうちが華だ。遠慮するなよ」

不機嫌顔だった先生も、とっさに腹を押さえた俺を見て、ようやく笑顔になってくれた。

「いただきますっ！」

俺は早速、割り箸を持ったまま手を合わせ、ラーメンから平らげにかかった。親父は何度も厨房とテーブルを行き来して、次々と料理を運んでくれる。最後には、閉店前のサービスだといって、エビチリとピータン豆腐まで出してくれて、テーブルは色とりどりの皿でいっぱいになった。

ラーメンを食べながら、餃子を摘《つま》んで、おかずも何種類もあって……。正直、夢のようだ。

「すっごい……！　俺、こんなに豪華な食卓、見たことないっ」

思わずそんな声を上げたら、先生は少し困った顔で笑って、「大袈裟《おおげさ》だな」と言った。

「全然大袈裟じゃないよ！　なんかもう俺、感動しちゃって……って、あれ？」

ふと見れば、先生は取り皿に料理を取ってちょこちょこ食べているだけで、せっかくのラーメンには手をつけていない。

「先生、どうしたの？　食べないの？」

「食ってる」

「でも、ラーメン……」

手つかずのラーメンを指さすと、先生は気まずそうに視線を逸《そ》らしてボソリと言った。

「猫舌なんだ。熱いものは食べられない」

「マジで！」

「……悪いか」

先生は眼鏡越しにジロリと俺を睨んだ。色白なので、目元がうっすら赤くなっているのがハッキリわかる。

（か、か、か、可愛い……！）

もちろん、猫舌が一生ものだということはわかっているけれど、俺より十歳も年上で、お医者さんで、こんなに堂々としていて賢そうな楢崎先生が、熱々のラーメンを食べることができずにじっと待っている……その姿があまりにも可愛くて、クラッときた。

そういえば以前、バイト仲間の大学生が、休憩時間に言っていた。心理学的に、人間とい

うのは、異性が見せるギャップに弱いのだそうだ。

『たとえばさ、いつもツンケンしてる女の子が、たま～に見せる笑顔とか、グッとくるだろ？ その意外性が、特別感に繋がるんだよな』

彼はなぜかちょっと得意げにたとえ話をして説明してくれたが、当時の俺には、そんなものか、という感想しか持てなかった。

でも、今はわかる。

異性でなくても、同じ男相手でも、「ギャップ＝グッとくる」の法則は成り立つのだ。

初めて実感したその事実に感動していたら、突然額に激痛が走った。

「痛ッ」

「何をニタニタ笑ってる。誰にでも、苦手の一つや二つ、あるだろうが」

赤い顔で俺をどやしつける先生の手には、さっきまで酢豚を食べていた箸がある。どうやら、箸の先で額を突かれたらしい。先生は……本当に短気で、少し凶暴だ。

「ご、ごめん。でも、笑ってたのは馬鹿にしたわけじゃなくて」

「じゃあ、なんだ」

追及されて、俺ははたと困ってしまった。

ここで正直に「可愛いと思った」と白状したら、今度は箸では済まない気がする。かといって嘘《うそ》をつくのも変だし、適当なことを言ってごまかすのもなんとなく嫌だ。

「えっと……えと、その……」

(可愛いを別の言葉に置き換えられたらいいんだよな。えっと……可愛いっていうのは、つまり、その……あれっ?)

必死で鈍い頭を働かせ、可愛いと思う気持ちを先生に怒られないような言葉に置き換えようとしていたとき、俺はふと、恐ろしい事実に気づいてしまった。

どうも、若干……本当に若干だが、下半身が不穏だ。完全に勃《た》つまではいっていないので、切羽詰まった状態ではないとはいえ、考えてみると、さっき先生を可愛いと思ったことが、この反応の引き金だった気がする。

というか、ほかにこうなる原因が思いつけない。

(これって……ええと、俺、先生をそういう意味で可愛いと思ったってこと……? 好き、とか、そっち方面の……可愛い?)

男がこうなるということは、相手をそういう意味で魅力的だと感じたということだ。確かに先生はどこからどこまで俺の好みだけれど、でもまだ出会ったばかりの人で、内面については何も知らない。そんな相手を、恋愛対象として好きになれるものなのだろうか。

(けど、十分すぎるほど優しい人だってことは、わかったもんな。いやでも! 俺はホモじゃないはずなんだけど。少なくとも、これまでは!)

「えっと……えっとその……」

混乱しながらも、どうにか適切な言葉を探そうとする俺に、先生は溜め息をついて「べつにいい」と吐き捨てた。

「滑稽《こっけい》なのはわかってるんだ。……焦ってないで、食えよ」

「いや、そうじゃなくて！」

「いいから」

ようやくラーメンが冷えたらしい。先生は箸を取ると、上品に、でもけっこう素早くラーメンを食べ始める。

「ううう」

先生を馬鹿にしたと思われたのなら全然よくないのだが、これ以上この話題を引っ張っても、短気な先生のことだから逆効果になってしまいそうだ。俺は、この気まずい状況と、自分の節操のない下半身の両方に戸惑いながら、大きな唐揚げを頬張るしかなかった。

やがてラーメンを食べ終えた先生は、腕時計をチラリと見て、携帯電話をチェックし、ポケットから財布を出した。そして、五千円札を伝票の下に挟んで立ち上がった。

「そろそろ病院に戻らないと、看護師にどやされそうなんでな。先に行くが、お前は存分に食え。残ったら、持って帰れよ。……あと、小銭程度だろうが、釣りは病院の支払いの足しにするといい」

「えっ？　そんなの悪いよ」

俺は遠慮しようとしたが、先生はさっきまでとは違う厳しい声でピシリと言った。

「悪いと思うなら、二度とこんな情けない理由で夜間救急にくるな。確かに今回は非常事態だったが、自分で気をつけていれば避けられたトラブルだ」

「う、うん」

「そんな愚か者のせいで、本当に命が危ない病気や事故で運ばれてきた人の処置が遅れる可能性もあるんだ。だから、俺の助言を忘れるなよ。糖分を常に携帯しろ。あと、脱水気味でもあったから、水分補給も忘れるな」

「わかりましたっ。帰りに、飴買って帰る！」

いきなりの叱責《しっせき》に、勝手に背筋が伸びる。俺は、反射的に箸を置き、ペコリと頭を下げた。お小言は怖いが、真剣に叱ってくれたことが嬉しくて、胸がじーんとした。

俺が真面目《まじめ》に反省したことは伝わったのか、先生は唇の端でちょっとだけ笑うと、「じゃあな」と軽く手を上げ、店を出て行った。

（……行っちゃった……）

親父は奥に引っ込んだまま出てこないので、店には俺ひとりだけが残された。小さな店といっても、さすがに寂しい。厨房で流しているらしい演歌が微妙な音量で聞こえてくるのが、侘《わ》びしさを倍増してくれる。さっきまでものすごく美味しかった料理も、先生がいなくなると少しだけ味気なくなった気がした。

「それにしても……」

ひとりになった俺は、もぐもぐとエビチリを頬張りながら、そっと視線を下げてみた。

幸い、股間《こかん》は緩い作業パンツのおかげで他人に変化を気づかれるほどではないが……それでも確かに、まだ微妙に熱を持っている。試しに先生のことを思い出してみると、打てば響くように、そこに流れ込む血が増えるのがわかった。

「……うはあああ……」

間違いない。この反応の原因は、確かに楢崎先生だ。

その事実を否応なく思い知らされ、俺の口からは思わず奇声が漏れた。

(そっか……。俺、相手が男でも、そういう意味で惚れるんだ。知らなかった……!)

驚きはしたが、相手があまりにも理想のパーツを寄せて固めたような人だっただけに、嫌悪感はなかった。

ただ……。

(でも、惚れたって仕方ないじゃん。もう会うことのない人なのに)

その事実に気づき、胸に苦いものがこみ上げた。

たぶんもう二度と先生の患者になる機会はないだろうし、もしそうなったら……それがまた、今回のような理由なら、先生は本気で俺に腹を立てるに違いない。さっきもらった助言を守る限り、俺には先生にもう一度会うチャンスはないのだ。

（それに、俺にとっては先生は滅茶苦茶《めちゃくちゃ》好みのタイプだけど、先生にとっては、俺はなんでもないいんだもんな）

きっと、先生は俺のことなんてすぐに忘れてしまうだろう。先生にしてみれば、俺は迷惑な患者のひとりに過ぎない。気が向いてちょっと親切にしてやったという意味で、少しは記憶に残るかもしれないが、それも時間の問題だ。

そもそも、先生が独身とは限らない。結婚指輪はしていなかったが、既婚者でも指輪を身につけない男性はたくさんいる。

「はあ……切ないなあ……」

女の子に初めて恋をしたのは幼稚園時代だが、男相手では、これが初恋だ。

世間では、初恋は切なくほろ苦いものと相場が決まっているそうだから、ある意味正しい初恋なのだろう。

恋に気づくのと失恋が同時にくるなんて、大人なら絶対にやけ酒のシチュエーションだ。でも未成年の俺としては、代わりにやけ食いでもするしかない。

「すいませーん！　白いご飯ください！」

俺はやけっぱちの勢いで、厨房に向かって声を張り上げた……。

第三章　追う人、逃げる人

もう二度と会えないと思っていた楢崎先生と再会したのは、それから一ヶ月と少しした頃だった。

その日は重機の故障で進行が遅れたらしく、夜の土木工事バイトが休みになり、早く家に帰れることになった。ちょうど給料も出たばかりだったので、スーパーマーケットに寄って家に帰る路上で、見覚えのある人を見かけたのだ。

後ろ姿だったし、白衣ではなくスーツ姿だったが、綺麗な襟足・恐ろしく伸びた背筋・キレのいい早足と三拍子揃っていれば、見間違えるわけがない。

少し前を行くその男性が楢崎先生だと気づいた瞬間、俺の心臓は大ジャンプした。

終わったはずの初恋がスタスタ帰ってきた。そう思ったのだ。

よく考えてみれば、再会したからといって、恋が実るわけではない。それなのに俺は、ものすごい勢いで舞い上がってしまい、後先考えず、反射的に大声で呼びかけていた。

「楢崎先生っ！」

俺も一応「現場の人」なので、騒音に負けない大声を出せることには自信がある。周囲を歩いていた人たちは全員驚いた顔で俺を見たが、当の楢崎先生は、小さく飛び上がった。

無理もない。こんな静かな住宅街の暗い道で、自分の名前を大音量で呼ばれるなんて思ってもみなかったのだろう。

足を止め、そろそろと振り返った先生は、警戒心丸出しで身構えている。俺はもう一度名前を呼んで、手を振りながら近づいて行った。

「楢崎先生だよね！　こんばんはっ」

「……………」

大声の主が俺だと認識した先生は、一瞬逃げようとしたのだろう、一歩後ずさった。けれど、スーパーの袋を提げて馬鹿みたいに笑いながらやってくる俺を見て、害意がないことだけは理解してくれたらしい。険しい顔で、それでも俺が追いつくまで待っていてくれた。

先生を怯《おび》えさせまいと歩いていたが、最後のほうはもう待ちきれなくて小走りになってしまった。俺は先生の前に立ち、興奮を抑えきれずに上擦った声で言った。

「先生、久しぶり！　うわあ、もう嘘みたいだ。また会えたなんて！」

するど先生は、眉をひそめ、きつい目を細めて俺を見た。眼鏡越しの視線には、警戒と不審と戸惑いが混じっていて、さらに小首まで傾《かし》げてみせられては、そこから導き出せる結論は一つだ。

楢崎先生は、俺のことを覚えていない。

俺はあれからずっと先生のことばかり考えていたが、先生のほうは、やはりあっさりと患者のひとりに過ぎない俺のことなど忘れ去っていたらしい。

「あ……えっと……」

さっき一気に爆発した喜びが、穴の空いた風船のようにシュウウッとしぼんでいくのを感じていた俺に、先生は訝《いぶか》しそうな顔のままで口を開いた。

「誰だ、お前」

やはり。予想どおりの質問に、俺はガックリ肩を落とした。

最初から、俺みたいな若造を覚えてくれているなんて期待していなかったが、その事実を突きつけられるとやはりこたえる。肩どころか、全身から力が抜けて、自然とすごい猫背になってしまった。

あまりの落胆ぶりに、俺が誰かは思い出せないものの、少し可哀相に思ったのだろうか。先生は困った声で、「いや、その、ええと」と口ごもった。たぶん、患者の誰かだろうと見当はついているのだろうが、顔も名前も浮かばないらしい。

(俺は、毎日先生のことばっか考えてたのにな……)

覚えていなくて当然だとわかっていても、さすがにここまで清々しく忘れられると、少しだけ恨み言を言ってみたくなる。

俺は勝手に口が尖るのを感じつつ、ボソリと言った。

「あんなに笑ったくせに」

「笑った？　俺が？」

それでも先生は不思議そうな表情を崩さない。だから俺は、嫌々ながら俺が持つ唯一の必殺技を繰り出してみた。

「まさか　まんじろう」

「……ぶばッ！」

一ヶ月前、診察室でそうしたのと同じくらいの勢いで、先生は吹き出した。もう一度俺の顔をまじまじ見てから、俺を指さして爆笑する。

「わははははは！　間坂万次郎！　お前か！　ああ、思い出した。夜間救急に担ぎ込まれてきた、低血糖でぶっ倒れた馬鹿だな！」

ずいぶんな言われようだが、思い出してくれた喜びのほうが勝って、俺は思わず満面の笑みで頷いてしまう。

「そうそう！　よかった。思い出した？　ちゃんと思い出してくれた？」

グイと顔を近づけたら、先生は嫌そうに軽くのけ反りながら、まだ微妙に笑った顔で頷いた。

「ああ、思い出した。完璧に思い出した。あれから、ちゃんと食ってるか？　もう倒れるような不細工な真似《まね》はしてないな？」

「うん、大丈夫。言われたとおり、いつも水と飴、持ち歩いてるよ」

そう言ったら、先生はようやく本当の意味で俺を認識してくれたらしく、俺の頭からつま先まで見て、「相変わらず、無駄にでかいな」とひどい感想を口にした。

「今日も土木作業のバイトか？　近くに現場でも？」

そう訊かれて、俺はかぶりを振った。

「ううん、家に帰るとこ。先生は？」

「俺も帰りだ」

「え、マジ？　先生んち、この近く？」

「すぐそこだよ。見えてるだろう。あのマンションだ」

先生は斜め前を指さした。進行方向の少し先に、けっこう大きなマンションが見える。今流行《はや》りの超高層マンションではないが、それなりに高い。十五階やそこらはあるだろう。

「へえ。でっかいなあ」

「建物はな。部屋はさほどでもないさ。お前の家は？」

「すぐそこ。俺んちは、ぼろっちいアパートだけど。ほら、『福寿荘《ふくじゅそう》』っての、知らない？」

「ああ、聞いたことがある。表通りから一本入ったところだな」

先生は、俺が指さしたほうを見て、それから不思議そうに俺に視線を戻した。

「そういや、今日はバイトは休みなのか？　いつもはもっと遅いんだろう？」

「うん。今日は、夜のバイトが休みになったんだ。だから早く帰って、飯作ろうと思って」

「飯？　自分で作るのか？」

「うん。昼間にバイトしてる定食屋が明日は定休日だから、日持ちしない食材をもらってきたんだ。だから、今日はちょっと豪勢に……って、あっ、そうだ！」

俺はふと浮かんだアイデアに、思わず大声を出してしまった。

「な、なんだ」

先生は大きく一歩後ずさる。ワクワクと不安がせめぎ合った気分で、俺は思い切って先生に質問してみた。

「先生、結婚してるっ？」

「なな、なんだいったい、藪《やぶ》から棒に」

「いいから。してる？　ていうか、彼女と一緒に住んでたりする？」

先生はもう半歩後退しつつも、素直に答えてくれる。

「独身だ。同棲もしていない。それがどうしたというんだ」

「じゃあ、ひとり暮らしなんだね？」

「ああ」

「でもって、これからご飯？　自分で作るの？　食べに行く？」

矢継ぎ早の質問に、先生は目を白黒させる。

「あ……いや。俺は料理はしない。ちょうど、そこのコンビニで買って帰ろうかと思っていたところなんだ」

嘘みたいに期待どおりの答えが返ってきて、踊り出したい気分になる。俺は、思い切って誘ってみた。

「じゃあさ！　俺んち来ない？」

「は？」

「俺、今から晩飯作るから！　ね、うち来て食べてよ」

「いや……それは」

案の定、先生は気の進まない様子だった。言葉は濁しているが、顔には「御免被る」とでかでかと書いてある。

それはそうだろう。綺麗な我が家が目の前にあるのに、わざわざ汚いアパートに寄り道して、見知らぬガキの手料理を食べたいなんて思うわけがない。俺が先生なら、断固断るところだ。

でも、思いがけなく舞い込んだこの幸運を、ここで手放したら絶対に後悔する。そう思った俺は、大股に踏み出して距離を詰め、身長差をフル活用して斜め上のほうからもう一押ししてみた。

「だって先生、こないだ晩飯奢ってくれたじゃん。俺、店で奢る金はないけど、今日はいい食材もらったし、大丈夫！」

「いや、な、何が大丈夫……」

「食ってあたるようなもん出さないから大丈夫ってこと！　ね、一生懸命作るから、一緒に食ってよ」

「その……申し出はありがたいんだが、気持ちだけもらって遠慮……うわっ」

先生がまったく乗り気でない様子なので、俺は思いあまって、先生の手首を摑んだ。不意を突かれて、先生も俺の手を振り払うことすらできず、硬直する。

「気持ちだけなんて言わずに、マジで食ってって！　ねっ、行こ！」

いったいどこからそんな勇気が湧いてきたのか、今思い返すと不思議なくらいだが、俺は渾身《こんしん》の力で先生の手首を摑んだまま、ドカドカと自宅に向かって歩き出した。当然、先生はよろけながら抵抗を試みる。

「おい、こら、お前、土木作業員の握力を自覚しろ！　こちとら、手が商売道具なんだぞ。折れたらどうしてくれる。離せ！」

「だって、離したら先生、家まで走って逃げるだろ？」

「当然だ、この馬鹿力め！　遠慮するといえば、断るという意味だッ」

「お願いだから断らないで！　手首が痛いんなら、手を繋ぐでもいいから、とにかく逃げないで！」

懇願しながらも、俺は足を止めない。いきおい先生も、半ば転びかけながら歩き続けるしかない。

「馬鹿野郎、何が嬉しくて、お前みたいなマッチョなガキと手なんか繋がなきゃならんのだ。とにかく離せ！　人が見てるだろう」

「だいじょぶ、誰も見てないよ」

それは真っ赤な嘘で、通行人の視線は俺たちに釘《くぎ》づけだったが、そんなことはどうでもよかった。

とにかく、せっかく再会できた初恋の人と、このまま別れたくなかった。ここでこの手を離してしまったら、俺は今度こそ二度とこの人と会えなくなる。そんな確信があったので、とにかく必死だったのだ。

「おい、本気で痛いんだったら。逃げないから、手を離せ！」

「それはヤダ。でも、逃げないってことは、来てくれるんだ、俺んち？」

「この状況で逃げたら、お前、俺の家まで追いかけてくるだろうが」

「うん、そりゃもう。絶対行く！」

素直ではない言い方ではあったが、とにかく先生は、俺の家にきて、俺の作った晩飯を食べることを承知してくれた。もう嬉しくて、心臓が胸を突き破って出てきそうな勢いで脈打っていた。正直、このままスキップしてもいいくらい、あるいは歌い出してもいいくらい、俺は浮かれていた。

「手首の血が止まる！　いや、現在進行形で止まってるんだ、この馬鹿力が！」

先生の罵倒《ばとう》の言葉さえ、音楽みたいに心地よく耳に響く。結局俺は自宅に着くまで、左手にビニール袋を提げ、右手でしっかり先生の手首を摑んだままだった……。

「そこしか座ってもらうとこ、ないんだ。ええっと、せめて座布団二枚重ねくらいして、くつろいでてよ」

「……ああ」

アパートの玄関まで来て、俺はようやく手を離した。先生は戸惑い顔で靴を脱ぎ、家に上がる。ここまで連れてこられては、もう逃げる気も失せたというところだろうか。

「ここが、お前の家か。ずっとここに？」

「うん、そうだよ」

「……ふうん……その、なんというか」

俺の住むアパートは築三十年の本当にボロな木造アパートで、靴が二足どうにか置ける狭い玄関から畳に上がると、そこがもうメインの生活の場、六畳間だ。隣に四畳半の部屋があるからそう狭くないと思うけれど、先生にとっては、きっと初めて見る極小住宅だったのだろう。どこか、ぽかんとしてあちこち見回している。

「ボロすぎて感心した？」

からかうつもりで声をかけたら、真顔で頷かれた。

「感心した。こういう部屋は、昭和を舞台にしたドラマでしかもう見られないのかと思っていた」

ほかの人に同じことを言われたら、馬鹿にするなと少しは腹を立てたかもしれないが、先生があまりにも全身でビックリを表現していたので、俺は可笑《おか》しくなってしまった。

「あはは、先生みたいな人には、こういうのがかえって新鮮なのかもね。トイレは共同だから外。手を洗いたいなら、流しでどうぞ」

「う……ああ」

先生は相変わらず軽く放心した様子で、部屋の端にあるものすごく簡単な流しでバチャバチャと手を洗った。その手つきは、いかにもお医者さんぽくて丁寧だ
俺の差し出したタオルで手を拭くと、先生は部屋の真ん中に据えてある小さな卓袱台《ちゃぶだい》の前に腰を下ろした。座布団の上に胡座《あぐら》を掻《か》いて、やっぱりまだキョロキョロと部屋の中を眺めている。真剣に貧乏暮らしが珍しいらしい。俺も、きっと先生の住んでいるマンションに行ったりしたら、何もかもが新鮮で同じことをしてしまうと思うので、お互いさまだ。

「先生、何か飲む？　お茶煎《い》れる？　うち、お酒ないから……ごめん、さっき買ってくればよかったね」

「いや、いい。駅前の自販機で買ったやつがある」

そう言って、先生は鞄《かばん》の中から缶チューハイを取り出した。

「わざわざいつも自販機で買うの？」

「そういうわけじゃないが、このメーカーのやつは、コンビニにないんだ」

「へえ。チューハイもいろいろあるんだね～」

ようやく先生が落ち着いてくれたので、俺は夕飯作りに取りかかった。定食屋のマスターが持たせてくれたのは、合《あ》い挽《び》き肉と絹ごし豆腐一丁と戻したわかめ、それに立派なほうれん草だった。これだけあれば、今夜は節約メニューではなく、俺にしては最高に贅沢な食事を作ることができる。

「やけに手際がいいな。お前、いつも自炊なのか？」

タマネギを刻み始めると、先生は背後から話しかけてくれた。狭い部屋の中だから、料理しながらでも普通に話ができる。本当は振り返って喋りたいが、そんなことをしていたら一生料理が完成しないので、ぐっと堪《こら》えて背中を向けたまま、俺は答えた。

「うん。まあ、普段は節約で飯しか炊かないけど。定食屋のまかないでたらふく食わせてもらって、朝晩はパンの耳とかおにぎりとかにしてるんだ」

「それでは栄養が足らんだろう。また倒れるぞ？」

「大丈夫、時々こうして食材とか、残った料理とかくれるから、たまにはおかずがあるよ」

「……やれやれ」

先生は呆れ声でぼやく。これ以上この話題を引っ張ると、またお説教を食らいそうだったので、俺は微妙に話題を変えてみた。

「そういえば先生は、いつも買ってきた飯とか外食？」

「まあ、つきあいがあるときは外食だな。だがたいてい、コンビニで買って済ませる」

それは、意外な話だった。俺はお医者さんというのはもっと贅沢というか、バブリーな生活をしているものとばかり思っていたのだ。まさか、ほぼ毎晩コンビニ弁当を食べているなんて……。

「そんなの、身体に悪いよ」

「わかっているが、仕方がないだろう。作ってくれる人間はいないし、俺は料理はからきしだ。出前を一人前だけとるのもきまりが悪い」

「……ああ、なるほど。っていうか！」

顔を見ていなくても、また心臓がドキドキし始める。絶対、変顔になっている自信がある。

それでも、先生から見えないのをいいことに、俺はできるだけさりげなく訊ねてみた。

「作ってくれる人いないって……先生、彼女いないの？　それとも、彼女も料理得意じゃないないの?」

先生はそれには沈黙で答えるつもりらしい。でも、それではこっちがどうにも落ち着かないので、俺は包丁を持ったまま振り返った。

「いるの?　いないの?」

先生はムスッとした顔で腕組みして、眉間に縦皺を刻んで質問を返してきた。

「お前はどうなんだ」

「俺?　俺はいないよ。こんな見るからにビンボーな奴、女の子は嫌じゃん。そもそも、女の子に会うチャンスもあんまりないしね」

「ふうん。十八っていや、やりたい盛りで恋愛に血道を上げる年頃だろうに、枯れた奴だな」

「べつに枯れてるわけじゃないけどっ。学生の頃は、彼女がいたこともあったし!」

いくらなんでも、彼女いない歴十八年だと思われたら悔しすぎる。ムキになって弁解すると、楢崎先生はどうでもよさそうに「そりゃよかったな」と適当すぎる相槌を打った。

「ムキー!　なんか腹立つなあ!」

「ムキーってお前、少年マンガのキャラか。っていうか、好きな奴とかいないのか?」

先生は苦笑いしながら、軽い調子で訊ねてきた。

「うっ……」

俺はぐっと言葉に詰まる。

この一ヶ月、何をしていても頭をよぎるほど好きな人は、今、目の前で座布団を二枚重ねしてどっかと胡座を掻いている……そう言ってしまいたかったが、口にすれば、たぶん先生は俺のことを心底気持ち悪いと思うだろう。夕飯をご馳走する前に、出て行ってしまうに違いない。

それならば、どうせ報われる可能性などない片想《かたおも》いは伏せたままでいいから、せめて先生と一緒に食事がしたい。もっと一緒にいて、話をしたい。

だから俺は、できるだけさりげなく首を横に振った。

「今は、べつに。……っていうか、ずるいよ。俺が先に、先生に訊いたんじゃん。彼女いるのって」

すると先生は、小さく肩を竦めて答えてくれた。

「決まった相手はいない」

いるでもいないでもない、猛烈に微妙な回答に、俺は面食らってしまう。

「決まった相手はいないって……彼女いないってことじゃなくて？　え？　そ、それってもしかして、手当たり次第ってこと⁉」

「馬鹿、人を見境なしの乱交マニアみたいに言うな。そういうことじゃなく、適当に遊ぶ相手はいるが、本気でつきあっている女はいないという意味だ」

「ひ、ひー。もしかして、先生ってすごい遊び人？」

先生はこめかみに手を当てて、大袈裟に溜め息をついた。

「はああ……これだからガキは嫌なんだ。俺は限りなく誠実な男だぞ」

「ど、どこが」

「考えてもみろ。この年になってつきあうとなれば、相手の女性は当然結婚を意識する。ところが、俺にはまだそんな気はないんだ。それなら、最初から遊びだと公言しておくのが真心というものだろう」

「そ……そういうもん？」

「ガキにはわからないだろうがな。それより、手が止まってるぞ。作るならとっとと作れ。俺は腹が減った」

「うわあ、はいっ。もうちょっとだけ待って！　すぐできるからッ」

なんだか俺にはよくわからない世界を垣間見《かいまみ》た気がするが、とにかく先生はまだ結婚する気がなくて、将来を誓った彼女もいないことはわかった。

だからといって、俺にチャンスがあるなんてことは思っていない。先生は女の子の話ししかしなかったし、普通に考えれば、当然男より女の子のほうがいいに決まっている。それでも、「彼女がいる」と宣告されるよりはずっとマシ……そんな気分だった。

「すーぐーできるよー！」

そう言いながら、ボウルで挽き肉を混ぜ、みじん切りのタマネギと牛乳でふやかしたパン粉と卵を足し、塩コショウと、これまた定食屋から少し分けてもらったナツメグで味つけする。

よく、挽き肉は粘りけが出るまで混ぜろと言われるけれど、「まんぷく亭」のマスター流は、あまり混ぜない。そのほうがふんわり仕上がるとマスターは教えてくれた。タマネギも、ある程度細かく刻めば、炒めないほうが食感が楽しめていいそうだ。

教えてもらったとおりにがっぱがっぱタネを混ぜていると、いつの間にか先生がすぐ後ろに立っていた。

「でかい手だな。ハンバーグか」

斜め後ろから、先生はボウルの中身を覗《のぞ》き込む。

「！」

声にも驚いたが、先生の顔がやけに近いことにもっと驚いた。ハッと下を見ると、先生は調理台の端に手をつき、軽く背伸びをしていた。それに気づいた途端、胸がギュッとなった。

考えてみれば、靴を脱いだ足を見るのは初めてだ。形のいい、水色の靴下に包まれた足が子供みたいにつま先立ちしているのを見て、その思いがけない可愛らしさにたまらない気分になる。

俺が絶句している理由など知る由もない先生は、「なんだ、違うのか？」と不機嫌そうな

声を出した。俺は慌てて視線を上げ、先生の顔を見て答える。

「ち、違わない！　ハンバーグだよ！　でっかいやつ！」

「……俺のは標準サイズでいい。お前のを特大にしろ」

「ハンバーグ、嫌いだった？」

「いや。嫌いじゃないが、俺は大食漢じゃないんでな。それに、いくら食っても太らない年頃はもう過ぎ去った。……お前が山盛り食え」

そう言って先生は背伸びをやめ、俺の二の腕をポンと叩くと座布団に戻ってしまった。

（あー……もっと見てたかったな、先生のつま先立ち……）

脳内であの可愛いつま先を反芻《はんすう》すると、それだけでちょっと腰から下がムズッとする。先生がさっき言っていた「やりたい盛り」は間違いではないらしい。しかし、そんな態度を表に出すわけにはいかない。俺は迂闊《うかつ》な衝動をどうにか鎮めつつ、言われたとおりにタネを一対三の大きさに分けて、形よくまとめた。

ハンバーグを蒸し焼きにしている間に、隣のコンロでわかめと豆腐の味噌汁《みそしる》を作る。ほうれん草は茹《ゆ》でたのをもらってきたので、ハンバーグが焼き上がってから、軽くソテーしてつけ合わせにする。

ちょうど炊飯器でご飯が炊き上がるのと同時に、おかずもできあがった。

「はい、できたよ！　お待たせ」

冷めないうちにと、俺は大急ぎで卓袱台に料理を並べた。先生はちょっと驚いたように目を見張る。

「へえ。もっとがさつな料理かと思ったら、なかなか小綺麗に作るじゃないか」

「今日はお客さんがいるから、ちょっと頑張った！　いつもだったら、鍋から食っちゃうよ」

「……そうだろうと思った」

「今日は、うんと贅沢ご飯だよ。いつもみたく豆腐で増量してないし、パン粉も水じゃなくて牛乳でふやかしたし！」

「……豆腐で増量するハンバーグなんてものが存在するのか、この世には」

本気で呆気《あっけ》にとられた顔つきをして、先生は目の前のハンバーグをつくづくと見ている。同じ人間でも、住む世界が違うとなんでもないことが驚きの連続になってしまうらしい。

「あるよー。俺、腹いっぱい食べたいから、いつも増量バージョン食ってるもん」

俺はそう言いながら、古ぼけた炊飯器を引き寄せて蓋《ふた》を開けた。ほわっと湯気が立ち上る。炊きたてのご飯は、いつだって幸せの匂いだ。

「先生、ご飯、やわらかめが好き？　固めが好き？」

そう訊ねたら、先生はハンバーグにソースを几帳面にかけながら、投げやりに言った。

「飯は固めに限る」

「オッケー。あと、おこげは好き？」

「別に好きでも嫌いでもない。というか、そんなことは炊いてから訊いても仕方がないだろう」

「んー？　そうでもないよ」

俺は炊飯器を傾け、中身を先生に見せた。

「えっと、こっち側は固め、このあたりから普通になって、ここはおかゆ寸前のやわらかさで炊けるんだ。で、真ん中は激しくお焦げが発生する」

しゃもじでエリア分けしながら説明すると、先生の目つきがみるみるうちに胡散《うさん》くさそうになる。

「いったい何をどうしたら、そんなむらのある炊き上がりになるんだ？」

「そりゃ、古いお釜《かま》だからじゃないかな。いろんな食感のご飯が炊けて、なかなかいい仕事するよ！」

正直を言えば、これは去年、粗大ゴミ置き場で拾ったものだ。ゴミとはいえ綺麗に洗って使っているし、まだまだ現役でこうして働いてくれているので、捨てたものではない。でも先生のような人は、ゴミだったと聞いたら不愉快になるだろうと思い、その事実は伏せることにした。

「……それはよかったな。とりあえず、固め、お焦げなしの飯をくれ。ああ、盛りも控えめでいいぞ」

「先生、猫舌だけじゃなくて、小食なんだね～」

「お前が大食らいなだけだろう。俺は標準だ」

コメントをする気力もないといった雰囲気で、先生はゲンナリと首を振る。俺は指定エリアのご飯を茶碗にごく軽く盛りつけて、先生の前に置いた。

「さ、食べて。俺にしては、たぶん上出来だと思う。先生の口には合わないかもだけど」

「少なくとも見てくれは、コンビニ弁当よりまともそうだ」

そう言うと先生はきちんと両手を合わせ、「いただきます」と言ってから箸を取った。

(きっとすごく、育ちのいい人なんだろうなあ……)

綺麗な箸使いで、でも十分にふうふうと吹き冷ましてからハンバーグを口に運ぶ先生を、俺はうっとりと、けれど少し緊張して見守る。俺の視線を気にするふうもなく、よくよく噛《か》んでからハンバーグを飲み込んだ先生は、にこりともせず感想を口にした。

「悪くはないな」

「そ、そう?」

それが「美味しい」という意味なのか、それとも「食べられなくもない」という意味なのかわかりかねて、俺は曖昧《あいまい》な返事をする。先生がずいぶんとへそ曲がりな性格で、「悪くない」といえば、それは「相当美味しい」ということなのだと知るのは、ずっと後になってからだ。

「味噌汁は少し塩からい」

「う、ゴメン」

「これがちょうどいいということは、ミネラルが不足している証拠だ。お前は身体を使う現場で働いているんだから、水分補給は水よりも、スポーツドリンクのほうがいいかもしれないな」

いかにもお医者さんぽいアドバイスをしてくれながら、先生は黙々と食事を平らげていく。その顔を見ていると、嫌々食べているわけではなさそうだ。ようやく安心して、俺も自分の特大ハンバーグに箸をつけた。

「ご飯も大丈夫？」

「まあ、米の質がイマイチだが、固さは及第点だ」

「そりゃ、安い米だもんなあ。次に先生にきてもらうときは、もっと頑張るからね！」

「……次？」

厚かましいことを言ってしまっただろうかとギクッとしたが、先生はなんとも微妙な顔つきで小さく肩を竦めただけだった。リアクションの意味を問い質《ただ》す前に、先生はたっぷりトンカツソースをつけたハンバーグをご飯の上に乗せてこう言った。

「さすが定食屋でバイトしているだけのことはある、と言うべきなのか。見てくれのわりに、まともな料理を作るんだな、お前」

「見てくれって……」

「だってお前」

先生は胡乱《うろん》な眼差《まなざ》しで俺をジロジロ見る。

確かに、俺は、やたらでかい。

死んだ母親曰《いわ》く、赤ん坊の頃は極小サイズだったそうだ。それが、「小さく産んで大きく育て」ようと努力したわけでもないのに幼稚園に入ったあたりからめきめきとすごいスピードで育ち始め、小学校に上がる頃にはもう四年生に編入させても身体だけは違和感がないような、そんな状態だったらしい。

今、身長は百九十センチ近いが、実はまだ微妙に伸びている……かもしれない。学生時代は部活動をする余裕などないので体格的にはそうでもなかったのに、土木工事のバイトを始めて以来、身体を動かすのでもりもり筋肉がついて、我ながらずいぶんマッチョになったと思う。数週間前、道を歩いていて総合格闘技の団体にスカウトされたくらいだ。

「そのでかい手で作るんだから、もっとこう、大雑把な……ああいや、しかしお前のハンバーグを見ると、手のサイズに相応しているな」

「そりゃ、先生のがちっちゃくていいって言うから、残り全部俺のにしたんだもん」

「それを手のひらでまとめられるあたりが、でかい手だと言ってるんだ。……それにしても、お母さんは亡くなったと聞いたが……」

「うん。高一の春、癌《がん》で死んじゃった」

「そのあと、学校は？　生活の面倒は、誰かみてくれたのか？　奨学金とか」

「高校は出たよ。奨学金は担任の先生は勧めてくれたけど、借りたら返さなきゃいけないし、返すあてのない借金すんのも嫌だったから、申し込まなかった。母親がパートで貯《た》めといてくれたお金がちょっとあったし、あとは放課後バイトでなんとか」

「しかし、お父さんはご存命だろう？　せめて高校を出るまで、お父さんに頼れなかったのか？」

「ああ、無理無理。父親はとっくにほかの人と家庭持ってるもん。もう長いこと、連絡も取ってないよ。母親が死んだときも、葬式に来なかったしね」

「……なんて野郎だ。ああ失礼。人の親を悪く言ってはいけないな」

謝りつつも、先生はムスッとしている。俺のために憤ってくれたのが嬉しくて、胸が苦しくなった。誰かの言葉に、こんなに強い想いがこみ上げるのは初めてだ。これが、本物の恋をしているということなんだろうか。

「しかし、せめて援助してくれる親戚のひとりもいなかったのか？」

先生はまだ少し怒った顔で訊ねてくる。

「うーん、うちの両親、派手に駆け落ちしたらしいから。そこで両方の親類縁者から絶縁されたらしくて、俺、親類って名のつく人に会ったことないんだよね」

「お祖父《じい》さんやお祖母《ばあ》さんにもか？」

「うん。母親が離婚しても、俺が生まれても、絶対許してくれなかったらしいから」

「……なんとも厳しいな」

「死んだ母親もけっこう頑固な人だったから、どんな人たちかは想像つくよ。でもまあ、ひとりでなんとかやってこれたから、そんな顔しないで、先生」

「だが、大変だっただろう」

「まあそりゃ、大変なことはいっぱいあったけど。でも母親が死んでからずーっと、その日の生活を考えるだけでせいいっぱいの毎日だったから、泣いてる暇も落ち込んでる暇も全然なかった。俺きっと、けっこう心が頑丈なんだ。だから大丈夫だよ！」

　それは本心だったし、また同情されてしまうのが嫌で、できるだけサラリと簡略に説明したのだが、先生はとても難しい顔をして、ハンバーグの最後の一口を頬張ると席を立った。

「せ……せんせ？」

　呆然とする俺にはかまわず、先生は卓袱台を回り込み、俺の隣にどっかと腰を下ろす。

「今も、その日のことしか考えられない生活か？　先の見通しは立たないのか？」

　俺は戸惑いつつも、素直に答えた。

「まあ、一日じゅう働けるようになったから、高校時代よりは生活に余裕が出てきたかな。それでもフリーターだから収入は不安定だし、将来また勉強したくなったときのために、できるだけ倹約して貯金するようにはしてるけど」

「そうか。だったら頃合いだな」

「頃合い？　なんの？」

俺の質問に答える代わりに、先生はいきなり俺の頭に鉄の爪《つめ》攻撃を食らわ……すかと思いきや、ポンと軽く手を置いた。そのままワシャワシャと、日焼けして勝手に色が抜けた俺のざんばら髪をかき回す。

「せん、せい？」

たとえ密着していなくても、服越しでも、誰かの体温はちゃんと伝わってくる。すぐ隣にいる先生が、そんな小さな発見を俺にくれた。コロンほどきつくはないが、先生からはちょっといい匂いがすることも知った。

「頃合い……って、何が？」

ドギマギしながら訊ねた俺に、先生はクールに、けれどどこか温かい声で言った。

「あのな。人間は本当にショックを受けたときには、交感神経が優位に立って……ああいや、そういう理屈はいい。とにかく、泣けないものなんだ」

「そ、そうなんだ？」

「ああ。『涙も出ない』ってのは、それだけ気が張りつめていて、泣く余裕もないということなんだ。お前もそうだ。まあ、お前の場合は本当に心が頑丈ってところもあるかもしれんが、本質的には、いろいろ背負うものが多すぎて、ゆっくりお母さんの死を悲しむ暇がなかったんだろう」

「……そう……なのかな」

　そう言われてみればそうかもしれないが、なんだかピンとこない。でも先生は、大真面目な顔で俺の頭をぽんぽんとして、「偉いな、お前は」と言ってくれた。

「え……？　いや、でも」

「たったひとりでお母さんの看病をして、最期を看取《みと》って、葬式を出したんだろう？」

「う、うん」

「で、そのあと誰にも頼らず、自分で食い扶持を稼ぎながら高校を出て、今もちゃんと働いて貯金もしているんだろう？」

　俺はこくこくと頷く。

「正直、低血糖で運び込まれてきたときは、お前のことを真性の馬鹿だと思った。だが、お前はいろいろちゃんと考えて、きっちり生活しているんだな。偉いぞ。本当に賢いのは、お前のような奴だ。……だから」

　突然の褒め言葉のオンパレードに、俺は度肝を抜かれて絶句する。そんな俺に、先生は左眉だけを上げ、微妙に口元を歪《ゆが》めた奇妙な表情でこう続けた。

「だからこそ、一度気を抜け。ちゃんと悲しむべきことを、悲しめ。でないと、そのストレスが根深い傷になって、いつかお前の真っすぐな心を歪めることになるぞ」

「先生……」

「お前、そうやって誰に対しても呑気《のんき》そうにニコニコしてみせてるんだろう。誰にも心配をかけまいとして。お前は大丈夫だと言うが、そんなことがあってつらくない奴なんかいるわけがない。男として、そういう意地を張る奴は嫌いじゃないが、たまにはガス抜きを忘れるな」

早口で畳みかけるように言う先生は、相変わらず微妙な顔つきで……今にして思えば、先生はものすごく照れていたのだろう。だが当時の俺は、先生の表情の意味も、小言のように繰り出す言葉の本当の意味もわからず、ただ狼狽《うろた》えるばかりだった。

「んなこと言われても……どうすりゃいいのさ」

すると先生は、本当に困った顔になり、はあっと深い息を吐いた。そしていきなり俺の後頭部をガシッと摑んだかと思うと、そのまま俺の頭を乱暴に引き寄せた。いきおい、俺の身体は前に傾ぎ、顔面は先生の肩に押し当てられることになる。

「へ、へんへい？」

モガモガと口を動かすと、先生は手の力を少しも緩めずこう言った。

「俺は一応、夜間救急といえどもお前の『主治医』だからな。専門外だし時間外だが、仕方なく面倒をみてやる。……医者にかかるときに、それがどんなに気恥ずかしい症状でも、本当の姿を見せない奴はいないだろう？　今も同じだ」

「………」

「ちゃんと、お母さんの死について考えろ。これまで頑張ってきた自分のことも、きちんと褒めてやれ。不安も心細さも、恥ずかしいことじゃないんだ。素直に認めろ」

先生の声が、耳からも、先生の身体からも響いてくる。それはまるで神様の声みたいに、俺の全身にじんわりと染みてきた。

「聞いてくれる奴がいなけりゃ泣いてもつまらないだろうが、今は俺がいるんだ。泣き甲斐《がい》もあるってもんだろう。……前に病院で会ったときもだが、どうもお前を見ていると、妙に放っておけない感じがする。やはり医者だから、お前の無理が透けて見えちまったんだろうな。ようやく合点がいった」

やけに納得した口調でそう言い、先生はそれきり口を噤《つぐ》んだ。その手はやっぱり俺の後頭部にあるが、もうさっきのような力はこもっていない。それでも俺は、先生から身体を離すことも、顔を上げることもできなかった。

(人って……あったかいもんなんだ)

そんな当たり前のことを、ずっと忘れていた。

バイト先で、近所で、いろんな人と会って話すことはあっても、こうして誰かに触れられたり、ごく簡略にとはいえ、誰かに抱いてもらったりするのは、本当に久しぶりだった。

自分とさほど変わらないはずの先生の体温が、まるで毛布みたいに優しく俺の身体に広がっていく。

(こんなふうに誰かに触られたのって、いつだっけ。ああ、そうだ。あんとき以来だ)

俺は、先生の肩に頭を預け、その温《ぬく》もりや骨の硬さを味わいながら、目を閉じてみた。

『明日、体育祭でしょ？ 年に一度だけ巡ってくる、あんたの見せ場ね』

古ぼけた地元の病院の一室で、ベッドに身を起こした母は、学校帰りに見舞った俺にそんなことを言って笑った。

胃に癌が見つかって入院したときにはもう、手遅れでどうしようもないと医者から宣告されていた。でも、薬で痛みが取れたせいで、母は入院前よりずっと元気そうに見えて、なんだかこのまま復活してしまうんじゃないか、余命二ヶ月とかいう医者の見たては間違いなんじゃないか……と思ってしまいそうだった。

告知を受けていたので、母も自分の命がそう長くないことは知っていた。それでも俺が見舞うといつでも……それこそ死の前日まで明るく振る舞い、笑顔を見せてくれた。

『おべんと作ってあげられなくて悪いわね。ホントはもう、退院しちゃっていいような気がするんだけど』

そんな軽口を叩きながら、母は俺に向かって両腕を広げてみせた。「なんだよ？」と訝しむ俺に、母は「ハグ」と即答した。

『明日、リレーに出るんでしょ？ 活躍できるように、お母さんがハグしてあげよう！』

『んなこと、今まで一度もしたことないじゃん。やだよ、恥ずかしい』

俺は照れて尻込みしたが、母はやけにしつこくおまじないだと言い張って、渋々近づいて身を屈めた俺を、両腕で抱きしめてくれた。その弱々しい抱擁に、俺は元気そうに見える母が、どんなに衰えているか、痩《や》せているかを思い知らされ、胸を抉《えぐ》られるような思いをしたのだ。

(そうだ……。あんときも、あったかかった。すごく……あったかかった。もうすぐ死ぬなんて、信じられなかった)

あのとき、母はどんな思いで俺を抱きしめたんだろう。

先生は、俺が意地を張っていると言ったけれど、もしかしたらあの頃の母も、身体のつらさや死への恐怖を押し隠していたんだろうか。

俺は、母があまり苦しまずに済んでよかったと思っていたけれど、本当はそうではなく……それは、母の優しさだったんだろうか。

「……っく……」

考えがそこまで及んだとき、俺の喉《のど》から変な音が漏れた。自分でも驚いたことに、目の奥がじわっと熱く重くなったと思うと、どばっと涙が溢《あふ》れてくる。

(嘘だろ)

母が死んでから、これまで一度も涙なんて出なかった。学業とバイトの両立がときにはつらかったし、ひとりぼっちは不安だったし、泣きたいような気持ちというやつは何度も味わったけれど、そんなときも泣きはしなかった。

それなのに……。今さら。今になって。

でも、涙は壊れた蛇口みたいに流れて、先生のワイシャツにジワジワと染みた。

「服……汚れる」

嗚咽《おえつ》の合間にどうにかそれだけ言ったが、先生は俺の頭から手を離さず、笑いの滲んだ声で言った。

「是非に及ばず、だ」

なんだかよくわからないが、たぶん、許すとかそういう意味なのだろう。

「ただし、鼻水は御免被るぞ。……な。やっぱり泣けるんじゃないか。お前には、自分でもわからなくなるくらい長い間、気を張る癖がついていたんだ」

「そ、そう、ひっく、なの、かな」

「そうだ。医者の言うことに間違いはない。……まあ、俺はこのチューハイを飲み終えたら帰るからな。それまではつきあってやる」

先生の声は相変わらず冷ややかで突き放すような調子なのに、なぜか俺の心には優しく響く。

もう社会人なのに、会うのが二度目の、しかも友達でもなんでもない人にしがみついて号

泣している自分が不気味だ。そう思っても、やはり涙は止まらず……俺はたぶん、本来なら三年前にやっておくべきだった大泣きを、先生相手に盛大に繰り広げたのだった……。

＊　＊

何かが、身体の下で暴れている。

そんな気配で、ふと目が覚めた。

「……うぇ？」

頭がぼんやりして、瞼がものすごく重い。俺はもう一度心地いい眠りに引き返そうと目を閉じたが、そんな俺の耳に飛び込んできたのは、男の人の声だった。

「この野郎！　どけ、窒息するだろうが！」

いきなり罵倒されて、少しだけ目が覚める。

「ほげ……？」

いったい、何がどうなって俺は寝ていたんだっただろうか。

（今日は夜のバイトが休みになったから……ええと、あっ、そうか！　帰り道に楢崎先生に会って、一緒に飯食ってもらって、そんで……）

どうしてそんな流れになったかはもう忘れてしまったが、とにかく先生にしがみついておいおい泣いたところまでは、呆《ほう》けた頭でも思い出せた。

(そのあと、どうしたっけ、俺)

「起きたんなら、とっととどけと言っているッ！」

「ぐはッ」

苦しげな怒声と同時に下から顎に見事なパンチを食らって、その痛みで目がぱっちり開く。

視界に映ったのは、布団。そしてその上にうつ伏せ状態で倒れ、もがいている楢崎先生。さらにその上に思いきり覆い被《かぶ》さっているのが……俺だ。

「楢崎先生!?」

ビックリして名前を呼ぶと、先生はまなじりをキリリと吊り上げ、怒鳴った。

「どけと言っているだろう、この馬鹿！　自分のでかさと重さを自覚しろ。俺を殺す気か！」

ようやくわかった。どうやら俺は、まさに「泣き寝入り」してしまったらしい。そしてそんな俺を先生が背負い、奥の部屋の敷きっぱなしの布団に運んでくれようとしたのだ。たぶん、俺の身体が大きすぎて、寝かせ損ねて一緒に布団にひっくり返り、俺の下敷きになる悲劇が起こった……ということだと思う。

早くどいてあげなくてはと理性は言っていたが、本能がこれはチャンスだと言い張って、俺の身体は動かなかった。

そんなつもりはなくても、結果として今、俺は先生を布団に押し倒した状態になっているのだ。そう思った瞬間、頭と下半身に、身体じゅうの血が音を立てて集まった気がした。

「……やだ」

子供みたいだとは思ったが、つい駄々をこねて甘えてみたくなって、俺はそう言ってみた。

「おいって。本当に重くて、呼吸が苦しいんだ。もう好きなだけ泣いただろう。どけったらどけ」

先生は少しだけ語調を和らげ、俺を諭すように言った。俺がまだ、さっき泣いた気分を引きずっていると思っているらしい。

先生は……意外と、本当にとても優しい人なのだ。そう思うと、そこにつけ込んでいる自分が情けなくて、早くどかなくてはと思う。けれど一方では、この機会を逃せば、俺の気持ちを先生に伝えることは二度とできないだろう、とも思う。

(どうせ振られるんだから……もう、今、済ませちゃおう。好きだって言わずに我慢するの無理そうだし、これ以上先生のこと好きになったら、俺、振られたショックでどうかなっちゃいそうだし)

半ばヤケクソの思いで、俺は先生のうなじに顔を埋《うず》めた。

「お、おい」

先生の髪の匂いを吸い込んでから、勇気を出して自分の気持ちを口にしてみる。

「先生さ、ひどいよ」

「な……何がだよ」

先生は俺の下敷きになったまま、手足をばたつかせるのをやめ、上擦った声ではあってもちゃんと返事をしてくれた。本当に律儀な人なのだ。

「俺のこと、忘れてたもん。俺は……覚えてたのに」

「あ？」

「俺は、ずーっと先生のこと、覚えてた。ってか、毎日、先生のこと考えてた。ずううっと、会いたかった」

先生はシーツに頬を押し当て、横目で俺の顔を見上げる。

「ずっと会いたかった？……どうしてだ」

怪訝《けげん》そうな問いかけに、俺は一つ深呼吸をしてから、ハッキリと答えた。

「一目惚れだったから。先生に」

「なぬ!?」

こっちがビックリするような奇声で、先生は応じる。一目惚れという言葉に少しは身の危険を感じたのか、俺の身体の下で、細いけれど骨格のしっかりした先生の身体が小さく震えた。

「俺、男の人を好きになるの生まれて初めてだから、最初は嘘だろって思った」

「…………」

「でもさ。先生、初めて会ったとき、晩飯奢ってくれたじゃん。あんとき……中華料理食いながら、俺、こっそり、半分くらい勃ってた」

「は？」

あまりにも予想外の告白だったのか、先生はカエルみたいにへしゃげた格好のまましばらく考え、それからずれた眼鏡を外して畳の上に置き、ボソリと言った。

「お前……それはもしや、対象は俺ではなく、久しぶりに食った豪華な飯に興奮して勃ったとか、そういうことじゃないのか？」

「ちょ……俺、そこまで見境なくなんでも性欲に結びつけないよッ」

「わからんぞ。十代の性欲ってのは侮れないものだ。……そうでなければ、単なる欲求不満じゃないのか？　彼女はいないと言っていたしな」

「違うよ！　ホントに俺、先生が好きなんだってば！　だって、ほら、これ」

あまりの言われようにたまりかねて、俺は先生の太腿《ふともも》の裏あたりに、この前と同じ……いや、それ以上に抜き差しならない状態になっている下半身を押しつけてみた。

「ぐわ！」

遊び人発言をした人とは思えないような、色気のないリアクションが返ってくる。先生にとっては、そのくらい想像を絶する状況なのだろう。

「ホントに、先生の顔が大好きで、忘れられなかったんだ。だから今日、また会えてホントに嬉しかった。二度と会えないと思ってたから」

「……お前が好きなのは、俺の顔なのか？」

動揺したままでも、先生の質問はポイントを突いてくる。俺は素直に答えた。

「最初は顔。でも……今日、先生に会って、いっぱい話して、飯食って、また話して……泣かせてもらって……先生のこと、もっと好きになった。今、俺、先生丸ごと、ものすごく好き。ホントに好き」

「いや……あのな……」

「女の子相手でも、こんなに好きだーって思ったことないくらい好き。ゴメン、気持ち悪いのはわかってる。でも、大好き」

自分でもびっくりするような甘えた声が出た。俺が先生なら、絶対に「キモイ！」と言ってしまうような声だ。それなのに先生は、俺につぶされたまま、深い深い溜め息をついた。

「……そこまで熱烈に、好きだ好きだと野郎に言われたのは初めてだな」

「うう……ご、ごめん。気持ち悪いよね、マジで」

「……別に。どちらかといえば女のほうが好きだが、男とつきあったことがないわけじゃない」

先生は恐ろしいことをサラリと言った。

「え、えええっ!?　先生、遊び人の上に、両刀遣いっ!?」

「人聞きの悪いことをハキハキ言うな！　とにかく、まずはどけ。座らせろ」

「う、は、はいッ」

厳しく言われて、俺はのそのそと先生の上からどいた。そして、布団の上で正座する。カーゴパンツの前を押し上げて主張するものが決まり悪かったが、この際隠しても意味がない。

「くそ、身体がミシミシ言いやがる」

悪態をつきながら布団に手を突き、先生はヨロヨロと起き上がった。そして、俺の真正面に胡座を掻く。眼鏡を外した先生の顔は、やっぱりとても端整で、でも眼鏡をかけているときより、冷たい感じが和らいでいる気がした。

「俺じゃ、先生に釣り合わないってわかってる。十歳も年下のガキだし、貧乏だし、学もないし。でも、せっかくまた会えたんだから、好きな気持ちだけ伝えたかったんだ」

「伝えて、どうするつもりだ」

先生は厳しい顔で問いつめてくる。矢のように鋭い視線に耐えかねて、俺はつい俯《うつむ》いてボソボソと答えた。

「わかんない。……先生には迷惑だって思うのに、言わずにいられなかった。今も、好きで好きで、全然元に戻らないし、ここ」

俯きついでに指さした股間を見たのか、先生はまた深い溜め息をついた。

「ったく。ガキはこれだから……」

「ぎゃー！　あ、あわわわ」

次の瞬間、俺は悲鳴に近い声を上げ、慌てて両手で口を塞《ふさ》いだ。アパートの壁は薄いので、少し大きな声を出すと丸聞こえになってしまう。壁でも蹴《け》ったのだろう、すぐに隣室から壁越しにドンと抗議の音が返ってきた。

でも、この大声に関しては、誰も俺を責められないと思う。先生ときたら、あの繊細そうな左手で、いきなり俺の股間をむんずと摑んだのだから。

「せ、せせせせせ、せんせい、な、な、何してんのッ」

「……確かに抜き差しならないことになっているのを確認した」

先生はこともなげに言って、「やれやれ」といったん手を離し、ワイシャツの袖《そで》を肘までまくり上げた。俺はただ愕然《がくぜん》として、一連の動作を凝視することしかできない。

「か、確認……して、ど、ど、どうす……」

「どうもこうも、対処策は一つだろう」

医者が患者を処置するときのような声で冷静に言い放ち、先生は俺のほうにずいと膝を進め、あまりのことに硬直した俺のカーゴパンツのボタンをあっさり外し、ファスナーを下げた。

「え、あ、う、わあ……っ」

トランクスをぐいと下げられ、堪え性のない俺の分身が、まったく自重せずに頭を覗かせる。

「ガタイに反して小さかったら大いに笑ってやるつもりだったんだが、軽くムカツクでかさだな」

そう言って、竿《さお》を握り込んだ先生の手を、俺は慌てて押さえた。

「だ、駄目だよッ」

「何が」

「そ……そんなの……先生の商売道具の手で、そんなこと」

さっきまで頭に血が上っていたのに、今度は顔から血の気が引く。先生の手が、俺の……俺を、そんな、馬鹿な。これは夢かと一瞬疑ったが、そこを握られた衝撃は紛れもなく本物だ。思いも寄らない成り行きは、本来なら願ったり叶《かな》ったりのはずだ。それでも、ありがたすぎて恐ろしい、という不思議な感情に襲われ、俺は完璧に動転していた。

「何を言ってる。そこまで熱烈に愛の告白をされたのは初めてなんでな。貴重な体験をさせてもらった礼と飯の礼を合わせて、特別になんとかしてやる。手早くな」

俺の手を乱暴に払いのけて、先生はそこに再び手をかけた。べつに何か特別な動きでもないのに、触れられただけで、正直すぎる俺の分身はいきおい元気を増す。

「わ、わ、あっ、わあああ……」

先生にとっては、この程度のことは遊びの範疇《はんちゅう》で、慣れた行為なのかもしれない。患者を診察するときと同じ涼しい顔と対称的に、先生の手は躊躇いなく、むしろ暴力的に俺を弄《もてあそ》

び始める。

「うるさい。こんなシチュエーションで人の顔をジロジロ見るな。黙って集中してろ」

口調と同じくらいぞんざいな動きなのに、先生の手に触られていると思っただけで、怖いくらいドクドクとそこに向かって血液が流れ込んでいくのがわかる。

「ん、な、こと、言われ……ても っ……あわわわ……」

あまりのことに、身体が小刻みに震え始める。あっという間に完璧に勃ち上がったものの先端からは早くも雫《しずく》が溢れ始め、先生の骨張った指を濡《ぬ》らした。

「早いな。……若さってやつか。ツボがわかってる分、女にやられるより、いいだろう?」

先生は実験動物でも見るような顔つきで俺を見て、ニヤリと笑う。

「い……いい、けど……あっ、ちょ」

黙っていろと言われても、気持ちよすぎて我ながら変な声が出てしまう。

「ふっ……うるさいだけのガキかと思っていたが、少しは色気のある声も出すんだな。意外性があっていい」

怯える俺を見やり、先生はやけに楽しげに唇をちろりと舐める。わずかに覗いた赤い舌先も、俺を煽《あお》る手も、ほんの少し艶《つや》めいて上目遣いの目も、乱れて額にかかった前髪も、先生のすべてに俺は興奮する。しすぎて怖い。

(ありえない……! もう、どこからどう突っ込んでいいかわかんないけど……こんな夢みたいなこと、ありえないよ！）

俺は正座の姿勢を崩すこともできず、ただ両手の爪をささくれた畳に食い込ませ、先生の「オトナの手管」に翻弄《ほんろう》されるしかなかった……。

第四章　流される日々

「えー！　じゃあ、間坂君、楢崎先輩に一方的に……？」

そこまで語り終える頃には、とっくに食事は終わり、俺たちの前には茨木さんがくるくると皮を剝き、切り分けてくれたリンゴとほうじ茶の湯飲みがあった。

京橋先生は、見るからに好奇心が恥ずかしさに勝ったという顔つきで、身を乗り出して問いかけてきた。

俺も、決まり悪いのを堪えて正直に答える。

「あ、いや……。えっと……最初はびっくりして固まってたんだけど、考えてみれば、それってすっごいチャンスじゃん？　だから……」

「だからっ？」

「先生にとっては遊びでしかないのはわかってたけど、でも、こう、なんていうの、一生の思い出ってやつ？　をもらっちゃおうかなって思って」

「一生の思い出！」

向かいで、京橋先生と茨木さんの声が綺麗にハモった。茨木さんは笑いを我慢するのに必死の表情だし、京橋先生は餌を前にしたハムスターみたいに、丸い目をキラキラさせている。

「だ、だって、そうじゃん。こんなラッキーなこと、二度とないと思ってさ。先生、男も経験あるみたいなこと言ってたし。ここはひとつ」

「ひとつ？　ひとつ、なんだよ」

「だから……えっと、がばーって……勇気を振り絞って、押し倒しちゃった。だってほら、ちょうど布団の上だったし！　場所的にも完璧ってことで！」

「ぶッ」

茨木さんはとうとう小さく吹き出して、「間坂君らしいですねえ」と、ずれた眼鏡をかけ直した。

「楢崎先生は、お怒りになりませんでした？」

「あー、最初はすっごい怒った。ふざけるな、図に乗るのもいい加減にしろって鬼みたいな顔で怒ってた」

そのときの楢崎先生の怒声（それでも隣の部屋に配慮して控えめだった）と激昂《げっこう》した顔を思い出すと、勝手に背筋が伸びてしまう。京橋先生は、あーあーと納得顔で腕組みして頷いた。

「だよなー、先輩、普段はクールだけど、怒るとすっごく怖い顔するもんな」

「そうそう！　でもさ、もう、たぶん百ぺん以上、『お願いだからやらせて！』って頼みまくったら、だんだんゲンナリした顔になってきて……で、最後には、布団に大の字になって、『わかった、好きにしろ』って降参してくれた」

茨木さんと京橋先生は顔を見合わせ、そして同時に俺に向き直った。見事すぎるタイミングで、語尾以外まったく同じ言葉が二人の口から飛び出す。

「好きにしたのか？」

「好きにしたんですか？」

こんなあけすけな話を他人にしたと知れたら、俺は本当に楢崎先生に殺されると思う。でも、ここでやめてももう一緒か……というやけっぱちな気持ちもあって、俺は首を傾げた状態で頷いた。

「ええと……好きにさせてもらったっていうか、好きにしてもらったっていうか……」

「？」

「いやほら。俺、初めてだったじゃん？　そんな俺がやりたいようにしたら、絶対殺されるって先生が力説して」

「ああ、なるほどなー。確かに。……だよな、間坂君と楢崎先輩じゃ、体格的にポジションのひっくり返しようがないもんな。うんうん、普通でも大変だもん。間坂君くらいでっかい奴に無茶されたら、ホント死ぬかも」

京橋先生は、大真面目な顔で納得している。たぶん、抱かれる立場の苦労がわかるので、楢崎先生に思い切り共感しているのだろう。茨木さんは、いくぶん気まずげにゴホンと咳払《せきばら》いし、皮肉っぽい口調で京橋先生に文句を言った。

「僕はそこまでの無茶をあなたに強いたことはないじゃありませんか、京橋先生。この上なく優しくしているつもりなんですがねえ」

「わ、わ、わかってるッ。でででででで、でも、時々なんかちょっと変態っぽいことを……って、んなこと、今はいいんだよ！　それで!?　楢崎先輩、好きにするって何をどうしたんだよ?」

京橋先生は真っ赤な顔で茨木さんの脇腹を小突き、それでももっと詳しい話を催促してきた。

（……ちょっと変態っぽいことってなんだろ……）

こっちも激しく好奇心を刺激されつつも、まずは投げかけられた質問に答えないと、京橋先生が自分のことを話してくれるとは思えない。仕方なく、俺はできるだけ言葉を濁して答えた。

「だから……最初は、俺を引っ繰り返しといて、先生が跨《また》がって、何をどうすりゃいいかとかを実演で……その、ご指導を」

女の子相手ならまだしも、同性相手なんて経験どころか情報すらなかったので、いわゆる「お作法」がさっぱりわからない。そんな俺に、先生はいかにも面倒くさそうに、それでもがっちりと、やり方を教えてくれた。

『入れるときは、絶対に無理やりにはするなよ。こう、やって……ゆっくり……ッ』

俺の腰を膝で挟みつけるようにして、これ以上ないほど硬くそそり立った俺の楔《くさび》に手を添え、ゆっくりと腰を落としながら、先生は苦しそうに眉根を寄せ、息を詰めた。

『くそ……やられるほうは慣れてないんだからな……無茶、言いやがって』

どこか悔しげに俺を睨んだその目は潤んでいて、異常な色っぽさに心臓を串刺《くしざ》しされた俺は、言葉を返すことすらできなかった。今なら両手で先生の腰を支えてあげればよかったんだとわかるけれど、あの初めての夜は、そんなことを思いつく余裕は欠片《かけら》もなくて、ただ目の前の先生の身体や、刺激的すぎる体勢に愕然としているしかなかったのだ。

(うわっ、ヤバ……！)

苦しそうな息遣いとか、ちょっと上擦った声とか、赤みが差して汗ばんだ顔とか、最後の瞬間に、俺の肩にぐっと食い込んだ指の感触とか……うっかりあの夜の先生のことを詳細に思い出してしまったせいで、まったく空気を読まない俺の局所が、またしてもバッドタイミングで反応し始める。

(待て待て、人んちでこれはまずい。落ち着け俺。冷静になれ俺！)

必死で下のほうに言い聞かせていると、京橋先生が不思議そうに俺の顔を覗き込んだ。

「なんかすごいなあ、先輩と間坂君の出会いって。……ってどうかしたか?」

「あ、いやっ」

「あなたがあまりにも根掘り葉掘り聞き出そうとするから、間坂君は恥ずかしくていたたまれないんですよ。ね?」

「う、う、うん……」

茨木さんの口調は優しいけれど、眼鏡の奥の目にはほんの少し怪しい光が宿っている気がする。

(もしかして、茨木さんは気づいてる? 俺のこのピンチ)

だったら、せめてこう軽く前屈みならごまかせそうな今、トイレに行かせてくれ……と思ったのに、こちらはまったく気づいていない様子の京橋先生は、無邪気な笑顔で言った。

「でも、詳しく聞いてみたら、なんか納得しちゃったな。楢崎先輩、そこまで許すってことは、きっと間坂君のこと、最初から気に入ってたんだよ」

「え? マジで? でも先生は、あとで『ほだされただけだ』って言ってたよ?」

思わぬ言葉に、ジュニアとの戦いを一瞬忘れ、俺は顔を上げる。京橋先生は、どこか柴犬を思わせるつぶらな瞳《ひとみ》で、うんうんと頷いた。

「あの人、好き嫌い激しいからさ。嫌いな人には、力尽くでも絶対そんなの許さないって。

ほだされるってことは、気に入ったってことだよ。なあ、茨木さん」

「そうですよ。僕なんて、悪いことは何もしていないのに、楢崎先生には目の仇《かたき》にされていますからねえ。いくら楢崎先生の可愛い後輩を射止めたからといって、ああまであからさまに……」

「うああ、それは、ご、ゴメン。俺も、大人げないと思ってるんだけど……」

楢崎先生は、ことある毎に「茨木の野郎、気に入らん」と吐き捨てる。どうやら留学中、弟のように可愛がっていた京橋先生を、茨木さんがたぶらかしたと思っているふしがあるのだ。

たぶらかしたといっても、京橋先生はいい大人なので変な話なのだが、あれで子供っぽいところのある楢崎先生は、今でも茨木さんに対するツンケンした態度を変えようとしない。

「間坂君が謝ることないよ。茨木さんだって、楢崎先輩に対しては、妙に意地悪だしさ。二人とも大人げないんだよな、ったく。俺と間坂君の立場にもなってみろっての」

京橋先生は軽いふくれっ面でそんな文句を言ったが、茨木さんは涼しい顔で切り返す。

「おや。可愛いあなたのことだからこそ、ムキになるんですけどねえ。それがわかっていただけないとは寂しいな」

「…………っ」

たちまち赤面する京橋先生を見て、茨木さんはニコニコ楽しげにしている。つきあい始めはいろいろあったこの二人も、今はすっかり落ち着いて幸せそうだ。そのほのぼのした空気のおかげか、一時クライシスだった俺の下半身も、どうにか落ち着きを取り戻しつつある。

しかし……。

「それにしても、へ……」

これだけ喋ったのだから、今度はこっちが質問の一つくらいはぶつけてもいいだろう。さっき言っていた「変態っぽい」とは具体的にどのような……と満を持して訊ねようとしたら、茨木さんが絶妙のタイミングでカットインしてきた。

「それで、その夜から、お二人のおつきあいが始まったんですか?」

(……この人、もしかして……わざと?)

温和な顔をしているが、絶対、茨木は食わせ者だ。以前、楢崎先生がそう言って彼を貶していたとき、そんなことはないだろうと庇《かば》ったことを、俺は軽く後悔した。自分の「変態っぷり」を知られまいと、わざと新しい質問を重ねてきたに違いない。

(くそー、こうなったら、意地でも聞きたいな、茨木さんの変態っぽいとこ)

でも、京橋先生もやっぱり興味深そうにワクワク顔をしているので、俺はひとまず質問を諦めてチャンスを窺《うかが》うことにした。

「いや、そういうわけじゃなくて……。なんかね、俺、次の朝、正座して先生に言ったんだ。こうなった以上、おつきあいしてください、俺、一生懸命働いて、先生のこと幸せにします!

って」

京橋先生は、「わー」と素直な感嘆の声を上げてくれた。

「かっこいいな、間坂君！　十代だったのに、ちゃんと男じゃん。で、先輩はなんて？」

「爆笑した」

「え」

またしても、完璧なシンクロで反応される。俺は、そのときの楢崎先生のリアクションを思い出し、ゲッソリした気持ちで口を開いた。

「布団バシバシ叩いて爆笑した挙げ句、一度寝たくらいで、誰かの人生に責任を持たなきゃいけない法なんてないから、気にするな……って」

「おやおや、いかにも遊び人だったという噂の楢崎先生らしいお言葉ですね」

「だよなー。俺、決死の本気だったのにさ。『そんなに気負うなよ。たいしたことじゃない』って言い残して、先生、帰っちゃった」

「うっわー……超クール。俺、そんなこと言われたら超凹む」

呆れ顔の京橋先生に、俺も深く頷いて同意する。

「だよね！　俺、滅茶苦茶凹んでボーゼンとしちゃってさ。じゃあせめてまた会える？　って訊いたんだ。もう、先生のジャケットの裾《すそ》とか摑んですがりついちゃって」

「そしたらなんて？」

「縁があれば、また会うこともあるさって」

「うああ……どこまでもクール！」

「クールというより、気障《きざ》ですね」

冷静に訂正して、茨木さんは気の毒そうに眉尻を下げた。

「俺、もしかしてものすごい下手だったかなとか、やっぱガキだから駄目なのかなとか、いろいろ落ち込んでさー。しかもそっから一年、先生に会えなかった」

「え、そのタイミングで一年!?」

「それはまた、長いブランクですね」

「そうなんだよ。先生が帰り際にボソッと言ったこと、俺、ショックのあまり聞き損ねてたみたいでさ。……あ」

驚く二人に、それからの俺の忍耐の一年について語ろうとしたとき、ジーンズのポケットに入れておいた携帯電話が鳴った。

「ごめん、ちょっと電話」

どうぞと茨木さんが言ってくれたので、俺はその場で通話ボタンを押した。

「もしもし？」

『俺だ』

この着信音は楢崎先生専用だから、いちいち言わなくてもわかるのに、律儀な先生はいつも必ずそう言う。

「うん。どうかした？」

『お前、まだ京橋の家にいるのか？　飯は？』

先生はちょっと不機嫌な声だ。当直の仕事で何かあったのだろうか。俺は心配になって、訊ねてみた。

「うん、そうだけど。晩飯、ご馳走になったとこ。どうしたの？　何かあった？」

『飯がまずい』

先生は、ますます不機嫌な声でそう言った。

「は？」

『弁当が出たんだが、食うに耐えないまずさなんだ。売店はもう閉まっているし、コンビニは遠い。出前を取るのも面倒だ。……腹が減った』

「う……うわあ……」

以前はコンビニ弁当でも平気だった楢崎先生なのに、俺が毎食作るようになってから、本人曰く「迂闊に舌が肥えた」らしく、まずいものは食べたくなくなったとこぼす。それは俺としては嬉しいことだが、それしか食べるものがないとき、本人はとても困るらしい。

『俺が空きっ腹を抱えているのに、お前は人様の作った飯で満腹か。いい身分だな』

スピーカーから聞こえる楢崎先生の声には長い長い棘《とげ》が生えていて、それが俺の耳にバシバシ刺さる気がする。

（やばい……。先生、お腹空くと機嫌悪くなるからなあ）

「えっと……あの、ゴメン」

こうなると謝るしかない。とりあえず宥《なだ》めにかかった俺に、先生はボソリと繰り返した。

『腹が減ったと言ってるんだ、俺は』

「……あー！」

鈍い俺にも、二度言われればさすがに楢崎先生が電話してきた理由がわかった。何か作って持ってこい、先生はそう言っているのだ。

『あー、じゃないだろう。俺は……』

「何が食べたい？　すぐに作って、一時間くらいで持って行くよ。保温容器だったら、温かいの食べてもらえると思うし」

楢崎先生の声が聞こえているかどうかはわからないが、俺の言葉でだいたいの成り行きを察したのだろう。俺の向かいで、茨木さんと京橋先生はやれやれといった顔つきで笑っている。

楢崎先生は少し考えたあと、やっぱり不機嫌な声のままで言った。

『なんでもいいから旨いものが食いたい。というか、小一時間も待たせる気か』

「うう、じゃあ頑張って五十分で届けるから！　当直の仕事、頑張りながら待ってて。ね？」

『わかった。……じゃあな』

言いたいことだけ言って、先生はさっさと通話を終えてしまう。耳から携帯電話を離した途端、茨木さんはさっと席を立った。冷蔵庫からあれこれ出して小さな紙袋に入れ、俺に差し出してくれる。

「これ……？」

「楢崎先生に、これからお夜食を届けるんでしょう？　さっきの生姜焼き、食材が少し余っていますから、よかったらどうぞ。僕が調理したものは楢崎先生がお嫌でしょうから、素材だけ」

見れば、薄切りの豚肉と、キャベツの千切りが入っている。

「うわ、マジで？　いいの？」

「ええ。是非、小麦粉の力を実感してください」

そんな理系なことを言って、茨木さんは俺の肩をポンと叩いた。

「大変ですね、間坂君も。まあでも、恋人の我儘《わまま》を叶えるのは、男の甲斐性ですしね。頑張ってください」

そう言ってチラリと見るのは、やはり京橋先生だ。俺を見送るために玄関に行こうとしていた京橋先生は、子供のように口を尖らせて言い返した。

「我が儘を言うのは、俺じゃなくて茨木さんのが多いだろ！」

「はい。ですから僕の我が儘を叶えてくださるのは、あなたの甲斐性だと」

「なんだよそれ！　勝手に決めてんなよな、そんなこと」

折に触れてラブラブとじゃれるカップルを見ていると、こっちも幸せになれるけれど、今はほっこりしている場合ではない。俺は二人にお礼を言って、慌てて家に戻った。

茨木さんにもらった食材で、さっそく教わったばかりの方法で生姜焼きを作り始める。冷やご飯しかないので葱《ねぎ》チャーハンにして、あと、ほうれん草を茹でて冷蔵庫に入れてあるので、あれを胡麻《ごま》あえにすればなんとか弁当の体裁になるだろう。

「大急ぎ、大急ぎ。先生、腹減ってるとホントに機嫌悪いから、患者さんが気の毒だし」

かき入れ時の定食屋くらいのテンションで料理をしながら、顔が勝手に笑うのを感じて、我ながら不気味だった。

「えへへ……。先生、待ってくれてるんだろうな」

もしかしたら、出された弁当が本気でまずかったのかもしれない。それでもやっぱり、「お前の作ったものしか食べたくない」と言われたような気がして、嬉しくてたまらないのだ。

京橋先生にせがまれて、出会いの頃のことを思い出したせいか、いつしかすっかり当たり前の行為になっていた「先生のために料理する」ことが、とても新鮮に感じられた。

「そうだよな。毎日のことだけど、俺にとって料理って、先生を好きな気持ちをそのまんま形にしたようなもんなんだよな」

急いでいるのに、手つきがいつもより丁寧になっているのがわかる。

大好きな先生のために料理を作れるのが嬉しいし、それを先生が喜んでいると、こんなふうに言葉で教えてくれるのは、もっともっと嬉しい。

「よーし！　とびきり旨い弁当、届けちゃうからね！　待ってて先生！」

小麦粉をまぶして炒めた肉が、香ばしい焼き色になってきた。仏頂面で弁当と俺を待っている先生の顔を思い浮かべながら、俺はチャーハン用の葱を刻み始めた……。

第五章　愛しさとやましさと後ろめたさと

内科医の朝は、中途半端に早い。

外科系ほど早くもないし、基礎系ほど遅くもない。

俺、楢崎千里は毎朝、七時半に自宅を出て職場であるK医科大学付属病院に出勤し、ジャケットを脱いで白衣を羽織り、朝のカンファレンスに出てから首に聴診器を引っかけ、外来診療室に向かう。

午前中は外来で診察に従事し、午後は病棟を回って入院患者のケアをする。他科病棟へ往診したり、ときには受け持ち患者の手術に立ち会ったりすることもあるが、たいていは夕方には医局に戻り、文献を読んで勉強会に備えたり、論文を書いたりといったデスクワークのための時間を作る。

担当患者の容態が悪くない限り、内科医の一日はけっこう平和だ。普段は、その気になれば夕方、そうでなくても夜のかなり早い時間帯に職場をあとにすることができる。

今日も午後にいつもの病棟回診を済ませた俺は、図書館でいくつか自分の研究に役立ちそうな論文をピックアップして目を通し、夕方になって基礎棟に足を向けた。行き先は、五階の法医学教室である。

俺は消化器専門の内科医なので、患者の診察と内科的な処置が仕事だ。しかし、大学病院に籍を置く以上、現場の仕事に加えて、研究……つまり実験し、結果を解析し、論文を書いて医学雑誌に投稿したり、学会で研究発表をしたりというアカデミックな業務もこなさなければならない。

とはいえ、臨床系の医局には、そういう研究方面に強い指導者も技官もいないので、結局、教授どうしの話し合いで、基礎系の教室に預けられるということになるのだ。

俺はアメリカに一年留学したとき、腫瘍《しゆよう》のDNA解析についての研究を始めたので、帰国後も法医学教室でそれを続けさせてもらっている。うちの大学にはなぜか遺伝学教室がないので、DNA関係の研究にいちばん強いのは法医学教室なのだ。

しかも法医学教室には、俺の医学生時代の同級生である永福篤臣《えいふくあつおみ》がいる。彼のパートナーであり、これまた同級生でもある江南耕介《えなみこうすけ》も消化器外科から法医に研究に通っているので、気安いことこの上ない。

たいてい、基礎系にきた臨床の医者というのは手のかかる厄介なお客さん扱いなのだが、俺の場合は永福のおかげでそんな肩身の狭い思いをせずに済んでいる。これは、ほかの基礎系教室に通う同僚たちの話を聞くと、相当な幸運であるらしい。

とにかくそんなわけで、法医学教室に行くのは俺にとってむしろ息抜きに近い行為だ。だから足取りも自然と軽くなる。

「失礼」

そう声をかけて実験室の扉を開けると、案の定、永福は机の上にズラリと小さなチューブを並べて作業中だった。解剖のある日は一日がそれでつぶれてしまうことも少なくないので、ないときに詰めて実験をすることにしているようだ。

「おう、楢崎。お疲れさん」

俺を見ると、永福は手を止め、こちらに笑顔を見せた。

学生時代、こいつはどちらかといえば幼い、無邪気な感じのする奴だった。そんな永福が、やたらアグレッシブでふてぶてしく、そのくせ妙なカリスマ性のある江南とつるんでいるさまがどうにも鬱陶しくて、当時の俺は、二人のことをあからさまに避けていた。

しかし、お互い医師になって数年後に再会した永福は、江南の親友から伴侶《はんりょ》へと変化を遂げており、昔の子供っぽさはすっかり影を潜めていた。

今、俺の目の前にいるのは、明るくて世話焼きなところはそのままに、ずいぶんと穏やかな面持ちになった大人の男だ。こいつなりに、今の平穏な日々を手に入れるまで、きっと江南と二人で、あるいは江南相手に苦労を重ねてきたのだろう。

そんなことをぼんやり考えていたら、挨拶を返すのを忘れていた。永福が不思議そうに俺の顔を見上げている。

「どうした？ 何かあったのか？」

「あ、いや。悪い、ちょっとぼんやりしていた」

「おいおい、大丈夫かよ。疲れてんじゃねえの。仕事大変なんだろ？ ちょっとセミナー室でゆっくりしてくれば？」

「まあ、暇で仕方がないと言ったらさすがに嘘だが、お前の相方ほどじゃない」

そんな返事をしながら、俺は永福と背中合わせの自分の席に座り、手袋を嵌《は》めた。持参したサンプルを小分けにすべく、大きなビーカーを引き寄せる。

アルミホイルで蓋をした特大ビーカーの中には、滅菌済みの小さなエッペンドルフチューブが詰まっている。実験に使う器具や分析キットはすべて、永福が俺の実験机に揃えてくれたものだ。

かつてはそういう配慮にいちいち礼を言っていたが、そのたび永福がひどく居心地の悪そうな顔をするのに気づいてやめた。彼にとっては、友人の世話を焼くのはごく当たり前のことで、それにいちいち感謝されるのは他人行儀にすぎるということなのだろう。

そこで俺は、時折法医学教室に「永福先生にいつもお世話になっているので」と一言添えて、菓子折りを差し入れすることにした。いかにも臨床の医者っぽい即物的なやり方ではあるが、この業界では感謝の気持ちを適度に形にすることが意外と重要だ。もちろん、永福に気を遣わせないように、持参した菓子は俺も一緒に食べる。

以前は甘い物など、女性を喜ばせるためのツールとしか思っていなかったが、同居人の間坂万次郎がたまに菓子を買って帰ると異常に喜ぶので、ついつられて食ってみたらなかなかに旨い。年齢のせいか、少し酒に弱くなってきた分、甘党化したのかもしれない。

「江南はなあ……。学生時代はチャラチャラして見えたろ、あいつ」

永福は俺に背中を向けて作業を再開しつつ、そんなことを言った。俺もスタンドに小さなチューブを並べながら、正直に答える。

「まあな。入学式の挨拶で教師陣に喧嘩売るような奴だから、チャラチャラっていうか、面倒くさい奴だと思って避けていた」

「はは。わかるよ、その気持ち。学生時代の江南は、喧嘩っ早くて、やたら斜に構えて気障な奴だったもんな。……でもあいつ、根は生真面目だから、医者になってからはホント変わったんだぜ？」

「それはお前もだけどな、永福。お前も江南も、ずいぶん落ち着いたように思う」

そう言うと、永福は照れくさそうに鼻の下を白衣の袖口で擦《こす》った。

「そうか？　うん、そうかもな。俺だって、ちょっとした山はいくつか乗り越えてきたから、少しは大人になってなきゃ嘘だ。……なあ、榕崎。俺、学生時代はあんまりお前とつきあいなかったけど、それでもお前はなんていうか……大人っぽいっていうか、クールなイメージがあったよ。たまに目が合うと、鬱陶しそうな顔された記憶がある。このガキ、って言われてるみたいな気がして、声をかけづらかった」

「……気づかれていたか」

「なんだよ、やっぱりそうだったのかよ。ってか、素直に認めるなよな。今さらだけど、悔しいじゃないか」

「もう時効だ。というよりむしろ、本質的には似たり寄ったりだったはずなのに、自分ひとりが上等であるように振る舞っていた俺のほうが、よほど恥ずかしい」

そう言い返すと、それもそうかと無情なくらいあっさり納得して、永福は話を江南に戻した。

「とにかくさ。江南の奴、今は誰より患者さん思いだし、仕事熱心だよ。それは俺が保証する。こと仕事となると、人間の基本的なことをいろいろ忘れちまうんだ。飯食うこととか、寝ることとか、風呂入ることとかさ」

「そのようだな。時々消化器外科の病棟に出張するんだが、江南がじっとしているところを見たことがない。真似をする気はないが、偉い奴だと思うよ」

「んー。偉いのは偉いんだけどさ。もうちょっと自分の身体を大事にしてほしいとこだな。

いつまでも若いままじゃないいんだし」

「嫁としちゃ心配か」

「お前まで嫁って言うな！」

ピペットマンを手に持ったまま振り返って怒る永福の目元が、うっすら赤い。揃いの結婚指輪を堂々と嵌めているくせに、江南とのことをちょっとからかうだけで盛大に照れるのはどういうわけなのか。こいつの羞恥《しゅうち》のポイントが今ひとつわからない。

「わかったわかった。そう、瞬間湯沸かし器みたいにキーキー怒るなよ」

「べ、べつに怒ってるわけじゃないけどさ……。だいたいお前こそ」

永福が何やら話題を変えようとしたそのとき、実験室の扉が勢いよく開いた。入ってきたのは、噂をすればなんとやらの江南耕介だ。

消化器外科の助手である江南は、冬だというのに半袖のケーシー姿だった。足元は、ビルケンシュトックのサンダル……いわゆる外科系の医者の標準装備というやつだ。

学生時代はブランド服で全身を固めていた江南だが、永福と所帯を持ってからはやけにカジュアル志向になった。つまるところ、確かなパートナーを得て、自分を飾り立てる必要がなくなったということなのだろう。

「おう、なんや、楢崎も来とったんか。病棟ではよう顔合わせるけど、ここで会うんは久しぶりやな」

べつに邪魔っけにしているようでもなく、江南は俺を見てニッと笑った。俺も軽く手を上げて挨拶を返す。

「いい具合に時間が取れたもんでな。お前の嫁と逢い引きしてたわけじゃない。心配するなよ」

「アホか。そんな心配するわけあれへんやろ。うちの嫁は俺一筋やぞ」

しれっと言い切り、江南はニヤリと笑った。ふてぶてしさは相変わらずだが、無駄な攻性は消え、笑顔には妙な愛嬌《あいきょう》がある。一方の永福は、器具を放り出し、憤然と立ち上がった。

「あのなあ。お前ら二人して、好き放題言いやがって！　いい加減にしろよ、人のこと嫁、嫁って。だいたい、こんな時間になんだよ、江南。まだ仕事中だろ？」

今でもたまにここで実験しているだけに、江南は慣れた仕草でガラス板を繋ぐシリコンスペーサーをいじりながらあっさり答えた。

「ちょっと手ぇ空いたからな。バタバタしとって昼飯食いはぐったし、晩飯には早いけど弁当食いにきたんや。どうせやったら、お前の顔見ながら食えたほうがええと思て」

「ああ、そういうことか。いいよ、教授は会議だし、美卯《みう》さんはバイトだし、今、セミナー室に誰もいないからちょうどいい。ちょっと待ってろ。ここ片しちまうから」

永福は合点がいった様子で実験机の上の物をテキパキ片づけながら、俺を見て相変わらずの照れ顔で説明した。

「江南がさ、ここしばらく泊まりが続きそうなんだ。で、出前ばっかりってもアレだから、弁当作ってきてて……」

「なるほど。まさに愛妻弁当ってやつだな。どうぞごゆっくり」

そう言って俺は二人を送り出そうとしたが、永福の奴、何を思ったかこんなことを言い出した。

「無理やり勧めるわけじゃないけど、多めに作ってきてるから、お前もちょっと摘まないか？せっかく久しぶりに三人揃うんだし、たまにはゆっくり話でもしようぜ。実験なら、あとで俺がやっといてやるしさ」

「……それはありがたいが、いいのか？　俺は、無粋なお邪魔虫になる気はないぞ」

「無粋ってお前、そんなわけないだろ」

「いや、お前はよくても、江南が嫌だろう。せっかく時間を作って、永福に会いにきたというのに」

俺は、あくまで遠慮しようとした。

江南には、病棟で会うわずかな時間でさえ、しょっちゅう「篤臣自慢」を聞かされている。どれだけ永福が好きかは嫌になるほど知っているので、仕事の合間のせっかくの逢瀬に俺が混じるなど、論外だろうと思ったのだ。

しかし江南は、拍子抜けするくらいあっさり言った。

「あ？　俺はかまへんぞ。変な遠慮すんなや」

「本当か？」

思わず念を押すと、江南はニヤリと不敵に笑って、無精《ぶしょう》ひげがうっすら浮いた顎を撫でた。

「今、セミナー室に誰もおらんとか、うっかり聞いてしもたからな。二人きりやったら、机の上に押し倒しとうなってしまうやろ。お前がおったら自重せなしゃーないし、ちょうどええ。……ホンマにそないな真似したら、篤臣にぶっ飛ばされて気絶もんやからな」

「ぶっ飛ばす程度で済むか、馬鹿野郎っ！　職場でそんな不埒《ふらち》なことしようもんなら、ぶっ殺す！」

今度こそ癇癪《かんしゃく》を起こし、真っ赤な顔で外した手袋を江南の顔に叩きつけた永福は、ドカドカと実験室を出て行ってしまう。

「あーあー、相変わらず短気なやっちゃ。ちゅーか手袋投げつけんのは、決闘の申し込み違うんか」

あの程度の怒りは日常茶飯事なのか、江南は涼しい顔でとぼけたことを言う。俺は江南が自分の額から摘み取ったシリコン手袋を見ながら、呆れ半分、感心半分の溜め息をついた。

「まったく。わざと怒らせてやるなよ、可哀相に。どうせ怒り顔も可愛いとか、わかりやすすぎることを言うつもりだろう」

「お、さすが元遊び人、察しがええやないか。っちゅーか、あの程度では怒ったうちには入らん。篤臣はああ見えて、怒りっぽい奴やからな。さてと、弁当食いに行こや。腹減った」

「……遊び人ってのはなんだ。いやそれより、『元』ってのがさらに気に入らん」

ムッとして聞き咎《とが》めると、江南は手袋を永福の実験机に放り投げ、しれっと言い返してきた。

「気に入ろうが入るまいが、ホンマのことやろが」

「どこが！」

「あん？　かつては合コンといえば楢崎と言われてた鉄板な奴が、今は誘っても誘っても全部蹴られる、ついに年貢を納めよったん違うかって、ナースの間でももっぱらの噂やぞ」

「…………っ」

確かに、合コンなどこの数年、まったく出ていない。かつては、週に一回どころか二回以上参加することもあったが、今は面倒でそんな気が起こらないのだ。

「それは単に飽きただけで……」

「へーほー」

「おい。なんだそのリアクションは」

「ま、そのあたりは飯食いながら聞こか。はよ行かんと、篤臣が本気で怒り出すからな」

江南はへらへら笑いながらセミナー室へ行ってしまう。

「くそ、くだらないことで冷やかしやがって」

舌打ちしても、文句を言いたい相手の姿はもう扉の向こうに消えている。俺は忌々しい気分でフリーザーにサンプルをしまい込み、江南のあとを追いかけた。

「ほい、お茶。そんで取り皿。お前も座って食えよ、楢崎」

あんなにぷりぷり怒っていたくせに、セミナー室に行ってみれば、永福はいつもと変わらぬ様子で俺と江南にお茶を煎れてくれていた。どうやらあの程度のやり取りは、この二人にとっては日常的なじゃれ合いであるらしい。

(このバカップルめ)

心の中で悪態をつきつつ、俺は二人の向かいに腰を下ろした。江南の奴は、ご機嫌な鼻歌を歌いながら弁当包みを解き、中から出てきたタッパーの蓋を次々と開けていく。

「おー、今日も旨そうや。無理言うて悪かったな、篤臣」

江南は揉《も》み手をしてそう言った。

「すごい充実ぶりだな」

俺も素直に感心してそう言った。大振りのタッパー二つに、確かに二・五人分くらいの料理が入っている。

一つのタッパーには俵型のおにぎりがぎっしり並び、もう一つにはおかずが詰め込まれていた。

量的には家族の行楽弁当並みだが、中身はそんな特別なものではない。海苔《のり》を巻き込んで渦巻き模様にした卵焼き、切り目を入れて炒めたソーセージとプチトマトをピックで団子のように刺したもの、カジキの照り焼き、モヤシのナムル、アスパラの焼き浸し……いずれも、彼らが普段、自宅で食べているものばかりなのだろう。地味だが、しみじみ旨そうだった。

江南は早くも取り皿山盛りに料理を取り、カジキを頬張って満面に笑みを浮かべた。

「うん、やっぱし家の飯が一番やな。この、タレが甘めなとこがええねん。お前もはよ食えや」

「で……では、お言葉に甘えてお相伴にあずかるか」

本当は、昼食が遅くてあまり空腹ではないし、固辞しようと思っていたのだが、本当に旨そうで食欲が刺激されてしまったので、俺は箸を取った。正直、隣の晩ごはんならぬ友人宅の弁当、しかも男同士のカップルが食べているのはどんな手料理なのか、興味がなかったといえば嘘になる。

頬張った卵焼きは、ほんのりと甘かった。おそらく、少しの醤油と砂糖で味つけしているのだろう。

「甘いだろ？　江南がさ、子供みたいに甘い味つけが好きなんだよ。嫌いじゃなきゃいいんだけど」

「アホ。子供違《ちゃ》うて、大阪は甘辛味の文化圏なんや」

江南は精悍《せいかん》な顔が台無しになるほど食べ物を頬張ったまま、不明瞭《ふめいりょう》な口調で言い訳する。

少し心配そうな永福に、俺は卵焼きを飲み下してから言った。

「甘い卵焼きは久しぶりだが、このくらいのほんのりした甘みなら旨いと思う。それにしても、器用なものだな。この海苔の渦巻き模様は」

永福はホッとしたように笑った。

「それも江南のリクエスト。実家の卵焼きがずっとそうだったんだってさ。うちの母親はそういう凝ったことはしないタイプだから、俺、江南のお母さんにわざわざ習ったんだぜ」

俺は少し驚いて聞き返した。

「江南のお母さん？　お前、江南の家族とも交流があるのか。その、なんというか料理を習うほど」

興味に任せて訊ねてしまいつつ、俺は軽く後悔した。ものすごく親しいというわけではない間柄なのに、いささかプライバシーに踏み込みすぎたと感じたのだ。だが永福は、あっけらかんと答えてくれた。

「うん。うちはお互い、家族ぐるみのつきあいがあるよ。江南はうちの母親の買い物につきあったり実家の電球換えてやったりするし、俺も里帰りしたときは、江南の実家のちゃんこ屋を手伝うし」

「そ……そうか。ずいぶんとオープンなつきあいなんだな」

間抜けな相槌を打つと、永福は少し困った顔で傍らの相棒を見た。

「ああ、お前の言いたいことはなんとなくわかる。そりゃ、最初はずいぶんと大変だった。な？」

同意を求められた江南も、いささか決まり悪そうに肩を竦める。

「もう、両方の家族がてんやわんやや。ホンマ言うたら、今でも思うところはあるんやと思うで。両方ひとりっ子やし、孫を期待せえへん親はおらんと思うしな。そういう意味では、親不孝したと俺も篤臣も思うとる。せやけど、結局んとこ、親は親っちゅうか……どっちの親も、俺らよりオトナやったっちゅうか」

「大人？」

俺が遠慮していると思ったのか、永福は俺の取り皿にあれこれ料理を放り込みながら口を開いた。

「孫の代わりに、もう一人息子《むすこ》が増えたって両方の親が言ってくれてる。自分に言い聞かせて諦めるためのフレーズだとしても、ありがたいと思うよ」

「そうか……。まあ、今が平穏なのならよかったな。というか、もういいぞ永福。江南の上前を跳ねるにも程がある」

「たくさんあるから、手伝えよ。いくらなんでも、これ以上置いとくと傷みそうだしな。そういや、俺たちのことはともかく、お前たちのほうはどうなんだよ？」

「！」

いきなり水を向けられて、俺はギクッとする。江南は串刺しのソーセージを頬張りながら、ニヤついている。

「お前『たち』というのはどういうことだ？」

平静を装ってそう言うと、江南のニヤニヤがいっそう深くなった。

「せやかてお前今、でっかい男と同棲中やないか。間坂万次郎とかいう、おもろい名前のやっちゃろ？　同じマンションに住んでんねんから、休みの日にしょっちゅう二人で出かけてんのは目撃済みやぞ」

永福も罪のない笑顔で頷く。

「そうそう。スーパーでも時々見かける。仲よさそうじゃん。アレだろ、まんぷく亭の店員なんだろ、あの子。こないだ、京橋君から詳しく聞いたぞ」

そう、俺がアメリカ留学中にあとから合流した耳鼻咽喉科の京橋珪一郎。二年後輩の京橋も最近、法医学教室で研究するべく通い始めた。奴が今の恋人、茨木畔とつきあい始めの頃、よく相談に乗ってやった関係で、俺と同居人の間坂万次郎についてやたら詳しい厄介な存在だ。

どうやら、永福と二人のときの話題は、もっぱら共通の知人である俺のことになるらしい。

自然といえば自然な流れだが、ネタ元にされるこっちはいい迷惑だ。

「あいつ……またよけいなことを……」

忌々しく舌打ちすると、永福は取りなすように言った。

「いや、俺が根掘り葉掘り聞き出してるんだ。あいつを怒るなよ。……っていうか、もう同居して四年なんだって？　それって、留学から帰ってすぐってことだろ？　いったいどうやって知り合ったんだ？　でもって、どうやってそんな関係に？　京橋も、そのへんはよく知らないって言ってた」

軽い頭痛を覚え、俺はこめかみに片手を当てて嘆息した。

「あのな……。確かに四年前から、まんじを家に置いてはいるが……」

「まんじって呼んでるんだ？　いよいよ仲よしだな」

呑気そうに見えて、さすが法医学者というべきか、よけいなところを聞き逃さない永福に突っ込まれ、俺は嫌な汗を掻きつつ吐き捨てた。

「そりゃ四年も家に置いてりゃ、あだ名くらいは勝手に発生する。だいたい、あいつが強引に転がり込んできただけで、断じて同棲なんかじゃない。俺としても、家事全般をあいつが引き受けてくれるから便利なだけで……」

「便利なだけで四年も他人と一緒に、しかも二人きりで暮らせるわけないだろ」

「うっ」

「せやせや。それに、二人の距離見とったら、やることやっとるかどうかは丸わかりやねんぞ」

仲よく突っ込んでくる二人に、俺はつい動揺してしまった。

「な……何？　それは本当か？」

「おう。……ま、合コンキングとしては、決まった相手がおるて認めるんは屈辱かもしれんけど、どっからどう見ても立派なカップルやぞ」

自信たっぷりに言い切る江南の横で、永福もうんうんと盛んに頷く。

「嘘だろう。俺とあいつはそういう関係では……」

言い張る口調が我ながら歯切れが悪くて嫌になる。

好きだとは毎日何度も言われているが、自分からそんなことを言った覚えは一度もない。断じてつきあってなどいないと宣言したいところだが、冷静に考えてみれば、俺に対する愛情を絶えずアピールしている相手を四年も同居させており……そしてなし崩しといえども、それなりにそういう関係にあることを思えば、反論も弱くなるというものだ。

そんな俺の内心の葛籐《かっとう》など気にも留めず、永福は自分も小振りのおにぎりを頬張りながら問いを重ねてきた。

「そこんとこは、既成事実があるんだから観念しろよ。で？　その間坂君に出会ったのは、留学から帰ってからだろ？」

「いや。……正確には、留学する寸前だ」

二人がかりでこられては、真相を話さずに解放してはもらえないだろう。いったん拒絶したとして、後日、とんでもないタイミングで再び持ち出されても厄介だ。誰もいない今、ざっくりと事情を話して納得させるほうが得策かもしれない。そう判断した俺は、ある程度正直に答えた。

「へ？　ほな、遠距離恋愛か？」

江南は興味津々で身を乗り出す。俺は早くもゲンナリした気分で首を振った。

「だから、恋愛じゃないと何度言わせる気だ。……俺が夜間救急で当直の日に、あいつが低血糖でぶっ倒れて運び込まれてきたんだ。そのときにあっちは俺に一目惚れしたらしくてな」

「お、さすがクール・ビューティ。本領発揮やな」

「人を見境なしみたいに言うな。……しばらくして偶然再会したとき、互いの家が近いことがわかって、あいつに晩飯を食っていけと無理やり自宅に引っ張って行かれたんだ」

「で？」

「まあ、その夜にあれこれあって、それきりだ。俺はアメリカに発《た》ったしな」

「ええっ!?」

二人の驚きの声がセミナー室に響き渡る。

「ちょ、待てよお前。そのあれこれって、やったってことだろ？」

「……それが何か？」

「ちゃんと留学するってこと、間坂君に言って行ったのか?」

「……まあ、それらしいことは一応言ったんだが、あとで聞いてみたら、あっちは聞き損ねていたらしい」

そう言うなり、永福は思い切り非難の眼差しで俺を見た。

「うわ、ひでぇ。それって、自分に片想いしてるのがわかってる相手に、気を持たせたまま放ってったってことだろ? しかも一年も! ちゃんと現地から連絡したのか?」

俺は肩を竦め、プチトマトを口に放り込む。

「するわけがないだろう。というより、存在すら忘れていた。べつに俺が好きな相手でもなし、成り行きで一度寝ただけの相手を気にする趣味はないんだ」

「うわー、サイテー」

「お前、見てくれ以上にひどいやっちゃな~」

「おい、ステレオで人を非難するな。俺がプライベートでどうしようと、おまえらに責められるいわれはないぞ」

口々に貶されて思わず反論すると、永福はそれでも少し不満げに言った。

「ゴメン。そりゃそうだけどさ~。でもそれって残酷だろ。間坂君も可哀相に。ちゃんと話したことはないけど、まんぷく亭に飯食いに行ったとき、接客してくれたよ。元気でニコニコして、感じのいい子じゃん」

「……まあ、元気と愛想だけが、あいつの取り柄だからな」

「しっかし傷つくよなあ、んなことされたら。普通、やることやったら、想いが通じたと思うだろ。特にああいう純真っぽい奴はさ。……年下なんだろ？」

「ちょうど十歳、年下だ。……そしてどうやらあっちは、お前が言うような勝手な誤解をしていたようだな。別れ際、いつ会えるだのなんだの訊かれて、煩わしくなった」

江南はあーあーと大袈裟に呆れ声を上げ、永福の肩に手を回した。

「見てみぃ、こんな非道な男も世の中にはおんねんで。情の篤い俺でよかったなあ！」

だが、そんな江南の手をサラリと払いのけ、永福は俺を軽く睨みながら言った。

「煩わしくって……お前、そりゃクールにも程があるだろう。マジで間坂君が可哀相になってきた。……でもさ。お前、留学先から一度も連絡しなかったんだろ？　居場所も報せず、帰る日も教えず。……で、どうやって留学から帰って再会したんだ？　でもって、どうして一緒に住むことになったんだ？　な、ちゃんと教えろよ」

「……なんだってそんなことを知りたがるんだ」

「おもろいからに決まっとるやん。なあ、篤臣」

「っていうか、同じマンションだし、せっかくお前と俺たちがこうして仲よくなってんだから、お前の相方ともよく知り合いたいんだよ。だから、今のうちに洗いざらい吐いとけ」

言葉は永福のほうがずいぶんソフィスティケートされているが、どう考えても意図するところは一緒だ。

「洗いざらいといっても……たいしたことはないんだぞ」

「たいしたことがないなら、喋っても問題ないだろ？　ほら、お茶のお代わり煎れてやるから、どんどん食って、ガンガン喋れ」

「……まったく。こんなことなら、実験室に留《とど》まるべきだったな……」

ぼやいてみても、あとの祭りというのはこういうことを言うのだろう。俺は仕方なく、一年にわたるアメリカ留学から帰ったその夜のことを語り始めたのだった……。

第六章　見慣れた部屋と見慣れない男

外国に行くと、空港にその国の「匂い」が充満しているというのはよく聞く話だ。

アメリカに行ったとき、それが本当であると知った。

俺がアメリカ合衆国コロラド州の空の玄関、デンバー国際空港に降り立って初めて認識したのは、ココナッツとおぼしき甘い匂いだった。

それからもあちこちで同じ匂いを嗅いだところをみると、おそらくアメリカ人が好きなボディケア商品にその匂いがつけてありでもするのだろう。

おかげで、俺のアメリカのイメージは、いまだに「ココナッツ臭《くさ》い国」だ。

それはともかく。

一年の留学期間を終えて帰国するとき、俺は密《ひそ》かに、成田空港の匂いを楽しみにしていた。

一年も離れていたら、ほかの部分はともかく、嗅覚はアメリカナイズされているはずだ。きっと、これまで一度も感じたことのない「祖国の匂い」を知ることができるに違いない。

そんな奇妙な期待に胸を躍らせて再び日本の土を踏んだ俺だが、到着ロビーについて早くも落胆するはめになった。

来日経験のあるアメリカ人の同僚からは、「きっと漬け物の匂いがするぞ」とか「ナットーとかいう腐った豆の臭いじゃないのか」とかさんざんからかわれたのに、なんの匂いもしなかったのだ。

強いて言うなら、埃《ほこり》っぽい臭《にお》いはしていたと思うが、それはどこの空港でも同じだろう。漬け物の匂いも納豆の匂いも味噌の匂いもしなかった。

日本人は体臭が薄いから、外国のように香料の強いものを身につける習慣がないせいもあるのだろう。軽い失望を覚えつつ、俺は空港を出た。

むしろ、嗅覚より視覚の違和感のほうが大きい。

いろいろな肌の色、いろいろな髪の色、そして好き放題なファッション（革ジャンの隣にタンクトップが平気でいたりする）に紛れることがいつしか日常になっていた俺には、電車の中で、同じような肌と髪の色をして、服装までどこか統一感のある人々がズラリと並ぶ光景に一瞬ギョッとする。

聞こえてくるのがすべて日本語なことにも、皆がやたら必死に携帯電話でメールを打っているのにも、なんとも言えない居心地の悪さを感じたものだ。

しかしそんな感じも、三十分もすると消えた。

やはり生まれ育った国だ。一年やそこらアメリカにいたからといって、日本を外国のように感じるようにはならないらしい。

自宅マンションのある駅に降り立つ頃には、すっかりリラックスした気分になっていた。

（たった一年とはいえ、懐かしい気がするな……）

駅前通りは、日本を発ったときとあまり変わりはない。ただ、数軒の店が改装したり、他業種の店に変わっていたりする程度だ。

ちょうど夕飯時で、飲食店から漂ってくる焼き鳥や鰻《うなぎ》の蒲焼き、あるいは焼肉の匂いが、いかにも日本に帰ってきたという気分を盛り上げてくれる。

（荷物を置いたら、何か和食系のものを食べに出るか）

そんなことを思いながら、俺は駅前通りから一本奥の筋に入った。そのほうが人通りが少なく、スーツケースを転がして歩いても迷惑がかからないだろうと思ったのだ。

夜の閑静な住宅街を、大荷物を持っていても安全に歩けるのは、日本ならではだ。冬の夜風は頬を切るように冷たかったが、徐々に春が近づいてきているのだろう。一戸建ての庭木の枝先には、まだ小さいが確かに芽が育ちつつあった。

（さてと、懐かしの我が家だな）

前方に、見慣れたマンションが見えてくると、さすがにホッとする。

留守の間、誰かに貸すことも考えたが、自分のテリトリーで他人が生活し、しかも俺が見ていないところで好き放題するなど、とても耐えられそうにない。変なところで潔癖な自分に呆れつつ、無駄に一年も放ったらかしにしてしまった。

とにかく、早く家に帰って異状がないことを確かめよう。そして食事はともかく、まずはアメリカにいる間じゅう、ずっと恋い焦がれていた深い浴槽に湯を張って、ゆったりとつかろう。

そんなことを考えていると、自然と足取りが軽くなる。アメリカから送った荷物も順次届くだろうし、職場復帰の準備もしなくてはならない。いろいろな面倒事が控えてはいるが、とにかく今夜は自宅を満喫してゆっくりしよう。

そう思いつつ、マンションの前までやってきたとき……。

「楢崎先生ッ！」

突然、ごく近くから名前を絶叫された。野太い、よく響く男の声だ。

ギクッとして身構えると、暗がりから大きな人影が飛び出してくる。

その聴覚と視覚の刺激が、ものすごいデジャビュを俺に与えた。

（こんなことが……過去にもあったような……気が……）

思わずスーツケースを持ったまま硬直する俺の前に駆け寄ってきたその人物は……街灯に照らされたその大柄な男は……。

「まさか……いやまさかの、まさかまんじろう！　か！」

男の顔を見た瞬間、その名前が勝手に口を突いて出た。どうにもこうにもふざけた名前が印象的すぎて、脳の記憶野にしつこく居座っていたらしい。

こいつは一度だけ、俺の患者になったことがある。

工事現場で作業中、低血糖発作を起こしてぶっ倒れ、俺が当直バイトをしている夜間救急に担ぎ込まれてきたのだ。

処置は点滴一本で簡単に終わったのに、その後、仏心を起こして中華料理を奢ってやったら、すっかり懐かれてしまった。いや、本人の言葉を借りるなら、一目惚れされてしまった。

俺は中・高と男子校出身なせいもあり、男が男に惚れるということ自体には偏見はないし、まあ、実際に男とつきあった経験がなくもない。その点については別段問題はないが、いかんせん俺には十も年下の、がさつでうるさいだけの男の好意を受け入れる気など欠片もなかった。

それなのに、偶然再会したとき、万次郎は強引に俺を自宅に連れて行き、手料理（昼間は定食屋でバイトしているだけあって、存外まともなハンバーグだった）を食べさせ、好きだ好きだと口説《くど》き倒した。

半ばそのしつこさと勢いにほだされ、アメリカに旅立つ直前だったこともあり、まあ有り体にいえば同情とちょっとした興味で一夜をともにした。相手の思いはどうあれ、俺のほうは一度限りの遊びに過ぎない行為だったし、あっという間にその存在すら忘れていたのだが……。

うっかり記憶に引っかかっていた名前を口にしただけで、目の前の仁王立ちの男……万次郎は、感極まった震える声で言った。

「せ、せ、せんせい……覚えててくれたんだ……？　俺のこと」

俺は仕方なく曖昧に頷き、視線を逸らした。

「名前だけは、まあ、な」

「う……う、嬉しい……！」

ギュッと握りしめた万次郎の大きな拳が、ブルブルと震えている。それに気づいてギョッとして視線を上げると、俺を凝視しているドングリ眼《まなこ》からは、星飛雄馬《ほしひゅうま》もかくやの勢いで涙が溢れてきた。

「うわっ、お、お前、何を泣いてるんだ」

「何をって！　だって、先生が、先生が、ここにいるうううぅ」

吠《ほ》えるようにそう言って、万次郎はおいおいと声を上げて泣き出した。

（な……なんだってこんなことに……！）

あと数分で自分の城に帰り着けるというのに、俺はなんだってこんなところで、こんな男に引っかかっているのだ。しかも、こうも大泣きされては、誰かに見られたら具合が悪いこ

るのだ。

とこの上ない。このマンションはK医大にほどよく近いので、職場の同僚が数多く住んでい

「と、とにかく泣くな！　しかし、またすごい偶然で再会するもん……」

「偶然じゃないいいぃ！」

号泣しながら、万次郎は俺の台詞を遮る。いちいちうるさい奴だ。というか、何か言うたびに泣きながら地団駄を踏まれても、こっちが困る。

「偶然でないというのはどういうことだ？」

いささかゲンナリして訊ねると、万次郎は涙と鼻水で早くもグシャグシャの顔で怒鳴るように答えた。

「だって俺！　待ってたもん、先生のこと。ここで！」

「待っていた……だと？」

雷撃のように、ストーカーという言葉が頭をよぎる。

あの一夜以来、今日に至るまで、俺からこいつに連絡したことは一度もない。ということは、俺が今日、アメリカから帰ることなど、本来ならば万次郎にわかるはずがないわけで……。今日、ここでわざわざ俺を待ち伏せしていたということは、俺にはわからない手段で、誰かから俺の情報を引き出したということになる。

背筋に冷たいものが走った。こいつ、ただひたむきなだけかと思ったら、とんだ変態野郎

だったのかもしれない。

（くそ、帰国早々、とんだトラブルに巻き込まれたもんだな……）

二の腕に鳥肌が立ったのは、断じて冬の寒さのせいではない。こういう激情型の変態は、刺激しすぎるとこちらの身が危ないと相場が決まっている。俺は、忙《せわ》しく視線を彷徨《さまよ》わせて逃げ道をシミュレーションしながら、慎重に万次郎に問いかけた。

「なぜ、俺が今日帰ってくるとわかった？　いったい、どこの誰に訊いたんだ。俺の帰国日は、家族と、職場の上司や医局秘書しか知らないはず……」

「知らなかったよおお！」

万次郎は、文字どおり吠えた。マンションに入っていくサラリーマンとおぼしき男性が、胡散くさそうな視線をこちらに投げかけていく。幸い知り合いではないが、このままではこのマンションにおける俺の立場が微妙になってしまうこと間違いなしだ。

俺は不本意ながら、万次郎を宥めにかかった。

「待て。とにかく泣きやんで、落ち着いて答えろ。知らなかったというのは、どういう意味だ？　超能力で俺の帰国を察知したとでも？　誰かが教えてくれなければ、俺が今日帰ってくるなんてわからなかったはず……」

「だから……だから、わかんなかったよ！　先生が、楢崎先生がいなくなっちゃって、ううえ、いつ帰ってくるかわかんなかったから、俺、ずううううううっと待ってたもん」

「……あ？」

「だから！　俺、夜バイトのない日は毎晩、ここで待ってた。先生がこのマンションに住んでるっていうから、俺、俺、ここで待ってたらいつか会えると思って……っ」

「な……！」

絶句する俺に、万次郎はひっくひっくと大男のくせにやけに可憐《かれん》に嗚咽しながら言葉を継いだ。

「ずーっと待ってたんだよ。もっぺん会いたくて、ずーっと、ずっと！　うわあああああん！」

「待て、とにかく泣くな！　ここは天下の往来なんだぞ」

「だって、だってええええええ」

駄目だ。手がつけられない。

万次郎のあまりの泣きっぷりに、駅前通りのほうから野次馬たちがこちらの様子を窺っているのが見える。このままでは、人垣ができてしまうのは時間の問題だ。

（ええい、仕方がない……！）

俺は、一年前とは真逆だと思いつつ、万次郎の骨太な手首を掴んだ。

「とにかく、続きはうちで聞く。来い！」

「うえええ」

抵抗するかと思った万次郎は、泣きながら素直についてくる。俺は三歳児を連れて歩いているような錯覚に陥りながら、片手で万次郎の手を引き、片手でスーツケースを転がしてマンションのエントランスに入った。

「おや、楢崎先生、お帰りなさ……！」

エントランス脇の守衛室には、顔馴染みの守衛が詰めていた。もう爺《じい》さんと呼ぶべき年代で、守衛というよりはマンションのなんでも屋の趣が深い人物だ。

「先生、大丈夫ですかッ!?」

俺の顔を見て挨拶しようと立ち上がった守衛の笑顔が、万次郎を見てみるみる強張《こわば》っていく。無理もない。冬なのにビーチサンダル履き、しかも号泣中の大男など、不審人物にも程がある。

俺は慌ててかぶりを振った。

「ああ、大丈夫ですよ。ご無沙汰《ぶさた》した挙げ句にこのザマで申し訳ないんですが、こいつは俺の患者でね。……多少精神的に不安定になっているので、これから話を聞いてやろうと思って。ご心配なく」

嘘をつくには、真実を混ぜて語るのがいちばんだと、誰かに聞いたことがある。実践してみたら、実にもっともらしい台詞になった。俺の職業を知っている守衛はすんなり納得し、ホッとした様子で腰を下ろす。その顔には、警戒ではなく俺に対する同情の表情が浮かんだ。

「それはまた、帰国早々難儀なことで。お医者さんも大変ですなあ。……でも何かあったら、遠慮なく守衛室に電話してくださいよ」

「ありがとう」

守衛の親切に礼を言い、俺は万次郎を可及的速やかにエレベーターに引きずり込んだ。五階のボタンを押し、その手でついでに万次郎の頭を張り飛ばす。

「大の男がいつまで泣いている気だ」

明るい光の下であらためて見ると、本当にひどい有様だ。まだまだ子供っぽい浅黒い顔が、涙と鼻水でぐちゃぐちゃになっている。大袈裟なのではなく、本当にこいつは感極まっているのだと実感させられる惨状だ。

「だって、だって先生がぁ」

どうもこいつは目と口が連動しているらしい。口を開くと、新しい涙がボロボロとこぼれる。

「……もういい。部屋に入るまで喋るな。黙ってろ」

叩きつけるようにそう言うと、万次郎は大きな手で自分の口を塞ぐ。そんな仕草をうっかり健気《けなげ》だと思ってしまいそうで怖いので、俺はただひたすらパネルを睨んでいるしかなかった。

一年ぶりの我が家はしんと冷えていて、どこか埃っぽい臭いがした。

とはいえ、冬の夜に窓を開け放して換気する気はしない。俺はとりあえずエアコンのスイッチを入れ、コートを脱いでソファーの背に引っかけた。ついでにネクタイも引き抜いて、その上に放り投げる。本当は着替えたいところだが、目の前に、突っ立ったまま泣いている万次郎がいるので、それもままならない。

一年留守にしたので、冷蔵庫の中身は空っぽだ。

俺は仕方なく湯を沸かし、インスタントコーヒーを二人分淹れた。ミルクはないし、砂糖はもとからうちには置いていない。

「ほら、とにかく座って飲めよ」

「う、ううう」

ぐすぐす泣き続ける万次郎を無理やりダイニングの椅子に座らせ、大きな手にマグカップを握らせる。ずっと待っていたという言葉が嘘でない証拠に、奴の手は氷のように冷えていた。

「泣くな。飲め」

俺も万次郎の向かいに腰を下ろし、コーヒーに口をつけた。開封して長らく放置しておいたインスタントコーヒーが旨いわけもなく、これまたどこか埃の味がする気がした。

両手でマグカップを持ち、ズズズズ……と音を立ててコーヒーを啜《すす》った万次郎は、テーブルのティッシュを取って盛大に洟《はな》をかんだ。熱い飲み物で、少しは気持ちが落ち着いたらしい。

俺は、刑事のような気分で、万次郎を観察した。

正直なところ、一年前の奴がどんなだったか、あまりよく覚えてはいない。ただ、やたら大柄で、やたら人懐っこくて……やたら、俺のことを好きだ好きだと連発された記憶が残っている。

(今夜まで待ち続けていたということは、こいつはまだ俺にご執心というわけか……)

うんざりしつつも、とにかくここで綺麗さっぱり諦めさせねばならない。毎晩さっきのように待ち伏せされては、このマンションに住み続けることが難しくなりそうだ。

「……で、さっきの話。もっと詳しく、時系列に沿って言ってみろ。あの日から、お前はどういう行動をとって、今夜に至ったのか」

「う……う、うん」

万次郎は洟をかんだティッシュでそのまま涙を拭き、深呼吸してから口を開いた。

「えっと……しばらくは諦めようって思って努力したんだけど、俺、やっぱ先生にもっぺん会いたくて我慢できなくなっちゃったんだ。それで、先生が住んでるって教えてくれたこのマンションの前で何日か待ってみたけど、会えなかった。で、思い切って、あんとき俺が担ぎ込まれた病院に行ってみた。また先生が当直してるかもって思ってさ。だけど受付の人に、先生はもうバイト辞めたって言われたよ」

「ああ。お前を診察してからしばらくして辞めた。留学準備があったからな」

「……うん。先生が普段働いてる病院も教えてもらって、K医大にも行った。俺、あの近くの定食屋でバイトしてっから、その帰りに行ってみたんだ。そしたら秘書さんが、先生はアメリカに留学しましたって」

「……医局にまで行ったのか！」

予想もしなかった万次郎の調査活動に、つい声が尖ってしまう。万次郎は大きな肩をすぼめ、ごめんなさいと何度も謝った。

「秘書さんに、先生のアメリカでの連絡先を教えてもらおうと思ったんだけど、楢崎先生にいったいなんの用事だって問いつめられて」

「当然だな」

「先生に診察してもらって、すごくお世話になったから……って説明したんだけど、どうも俺が先生のこと恨んでるとか文句言いたがってるとか、勘違いされたみたいでさ」

「それも当然の成り行きだな。どうせお前、今みたいなジーンズにTシャツにざんばら髪で押しかけたんだろう」

「だ……だって俺、タンクトップとTシャツとジーンズとカーゴパンツとジャージしか持ってないもん」

まだ湿った声で、それでも万次郎は神妙にかしこまって答える。なんというか、俺の中で今、こいつは純然たるストーカーなのだが、それでもこういう大型犬が主人に叱られたような風情でいられると、どうも腹を立てる気が削《そ》がれるのが不思議だ。

「で？　どうなった？」

「教えられないって断られた。だったらいつ帰ってきますか、それだけでも教えてくださいって食い下がったら、守衛さん呼ばれちゃって……で、違うんですって一生懸命言ったんだけど、外に放り出されちゃったよ」

話を聞いていたら、だんだん頭痛がしてきた。ほぼ一年前の出来事なので、秘書がそのことを忘れてくれていることを切に願いつつ、それで、と先を促す。

「そうなるともう、俺が持ってる情報って、先生がこのマンションに住んでるってことしかないじゃん？　もしかしたら、マンションの管理人さんは先生の行き先知ってるかな～って思って中に入ろうとしたら、このマンションすごいね、入り口に鍵《かぎ》かかってるんだね！」

「……それはまあ、セキュリティ万全のマンションだからな。それで……中に入れず、ひたすら待っていたわけか」

万次郎は新たに溢れた涙をジャージの袖でぐいと拭って頷いた。

「留学っていうからには、いつか帰ってくるんだろうって思って。夜バイトのある日は無理だけど、ない日はずーっとこのへんウロウロして待ってた。ずっと一箇所にいたら、怪しそうな目で見られるからさ。こう、ぐーるぐーる巡りながら、朝まで」

「十分怪しいぞ、お前。よく警察を呼ばれずに済んだものだ。いったい、週に何日くらいそうしていたんだ？」

「んー、多いときで四日くらい、少ないときは一日か、工事が忙しいときは全然無理だったけど」

「そういえば、このマンションが分譲だと知っていたのか？」

万次郎はビクターの犬さながらに首を傾げる。

「分譲？　何？」

「マンションには、賃貸と分譲がある。お前のアパートは賃貸だろう。つまり、毎月家賃を払っているんだろう？」

「うん。先生んちは違うの？」

「このマンションは分譲だ。つまり、俺はこの部屋をローンで購入した。だから、ここに帰ってくるというお前の見たてはまあ正しかったわけだ。しかし、マンションにも賃貸はある。その場合、一年も留学するなら、部屋を引き払う可能性もあったわけだぞ」

「あ……」

「まさか、その可能性はまったく考えなかったのか？」

「考えなかった……。だって俺もう、ここに賭《か》けてたもん！」

「自分の愚かさを誇るな、馬鹿者」

「あー……先生にそうやって貶されるの、一年ぶり。なんか懐かしい」

「あのな……。だいたい、そこまでして俺に会って、どうするつもりだったんだ」

そう問い質したら、万次郎は真剣そのものの顔できっぱり言った。

「もっぺん会って、話したかった」

「何を話す気だったんだ？」

「あの朝に言ったこと、先生は笑ったけど俺は本気だって伝えたかったんだ！」

「あの朝に……言ったこと？」

おそらくそれは、俺が奴のボロアパートに泊まった翌朝のことだろう。だが、そのときに万次郎が何を言ったかなんて、顔の記憶すらおぼつかなかったこの俺が、覚えているはずもない。

万次郎は、両手を膝の上にのせ、真っすぐ俺を見て言った。

「俺、言ったじゃん。おつきあいしてください。俺、一生懸命働いて先生のこと幸せにしますって」

「……あーあー」

なんとなく、おぼろげな記憶が戻ってきた。

そうだ。貧乏くさい磨り硝子《ガラス》から朝の光が差し込む布団の上で、こいつは素っ裸で正座してそんなことを言っていた。あまりにも滑稽だったので容赦なく笑い飛ばしたのも思い出したが、それでもまだその想いを手放さずにいたらしい。

「確かに言ってたな。だが俺も言ったはずだ。そんなに気負うようなことじゃないと。一晩寝たくらいで、俺の一生に責任を持つ必要はないとも言ったろう？」

「先生はそう言ったけど……でも俺、やっぱ先生のこと好きだもん」

「お前はまだそんなことを……」

やれやれ、と俺は溜め息をついた。

あれは初めて男と関係して盛り上がったガキの戯言《たわごと》で、すぐに冷めるとたかを括っていたのに、なんという執念深さだ。

呆れて言葉がもう出てこず、ただズキズキするこめかみを指先で揉むしかない俺に、万次郎はやはり大真面目に宣言した。

「先生は俺に興味ないってわかってる。俺と寝てくれたのも、一夜の情けっていうか、気まぐれっていうか、べつに俺が好きだからじゃないってことも、ちゃんとわかってるよ。でも俺、先生に一目惚れだったし」

「それは一年前に聞いた気がする」

「二度目に会ったときには、もっともっと先生のこと好きになった。先生ほど綺麗で賢くて優しい人、この世界に絶対いないもん」

「………」

相手が誰でも、褒められれば悪い気はしない。とはいえ、これはいくらなんでも買い被りすぎだ。こいつは思い込みが激しい上に、大層なドリーマーに違いない。たぶん、驚くほどぶ厚いフィルターがこいつのギョロ目にはかかっていて、そのせいで俺のことが天使か何かみたいに見えているのだろう。

「俺は、そんなにたいした人間じゃないぞ」

「俺にとっては、世界一たいした人なのっ！」

ものすごい勢いで反論を食らって、思わず「すまん」と謝りかけ、すんでのところで言葉を飲み下す。そんな俺に、万次郎はひたむきに言った。

「俺、本気だから。先生は茶化すけど、俺、百パーセント本気だよ。一年が三年でも五年でも十年でも、俺、ずっとあそこで先生のこと待ち続ける覚悟はできてた。だって、一生、先生より好きな人、できない自信があるもん。いくらでも待てるよ。全然平気だったよ」

「……それだけ号泣しておいて、どの口が平気だなんて言えるんだかな」

「そ、それは先生にホントにもっぺん会えて、俺の名前呼んでもらえて、嬉しかったから。絶対また、誰だって言われると思ってた」

「それは単に、お前の名前があまりに独創的だったからだ」

「だったら俺、名前で初めて得したかも」

万次郎はようやく奴らしい笑みを浮かべてそう言った。つぶらな目も、野性的でありながらどことなく飼い慣らされた犬を思わせる人懐っこい顔も、よく日焼けした肌も、ばさばさの髪も……やはり何もかもが、大きな犬を連想させる。

俺の頭をよぎったのは、タロ・ジロだった。

あの、さんざん尽くした主人に南極に置き去りにされた挙げ句、翌年再び観測隊が戻ってくるまで生き延び、しかも自分たちを見捨てた人間に尻尾《しっぽ》を振ってみせた、忠実この上ない樺太犬《からふとけん》たちだ。

まるでこいつは、その犬みたいだと思った。

いつ帰ってくるとも知れない俺を、あんな寒い中……いや、丸一年なのだから、雨が降り続く梅雨《つゆ》時にも、死ぬほど蒸し暑い夏の盛りにも、ずっと待ち続けていたのだ。俺にもう一度会って真摯《しんし》な想いを告げる、ただそれだけのために。

「お前……」

「迷惑だったらゴメン。俺、ストーカーみたい、だよね」

「みたいではなく、完璧なストーカーだ」

そうは言ったものの、自分の声が再会したときほど険悪でないことを自覚して、早くもほだされつつある自分に辟易《へきえき》する。だが万次郎は、俺の指摘を素直に認めた。

「だよね。帰国したばっかで疲れてるのに、こんなことしてホントごめん。俺のこと……気持ち悪いと思ってる？」

「………」

「思ってるよね。先生、優しいからそう言わずにいてくれるだけだよね。あの……俺、もう、ここには来ない。約束するから。つき纏《まと》ったり、待ち伏せしたりしないから。先生に嫌がられたいわけじゃないしさ。先生が無事で、元気に帰ってきたってわかったら、俺、それでもう」

そこまで言って、万次郎はギュッと唇を引き結んで俯いてしまう。しばらくの沈黙の後、テーブルにボトリと大粒の涙が落ちた。涙の雫は次から次へと落ちて、たちまちテーブルに小さな水たまりを作る。

肩は震えているし、喉からはヒックと嗚咽が時折漏れているのに、泣き声は出すまいと我慢しているらしい。

(落ち着け、俺)

俺は必死で自分を窘《たしな》めた。

ここでこいつをすっぱり切り捨てたほうが、このあとの面倒がなくていいのは自明の理だ。俺につきあうつもりがない以上、よけいな情けをかけるのはかえって残酷だろう。

俺のことは今日で諦めて、新たな恋を探せ。俺以上好きな人間は見つからないなんてのは若いが故の勝手な思い込みで、意外と簡単に見つかるものだ。

そんなふうに諭してやるのが年長者の義務だし、こいつのためだとも思った。

それなのに、俺の口から出たのは、そんな思いとは真逆の言葉だった。

「お前は、それでいいのか？　本当にこれで気が済んだのか？」

言ってから、自分で自分の首を締め上げたくなった。

いったいこの口は、どんなつもりでそんなことを言ってしまったのか。本人がもう来ないと言っているのだから、それを受け入れ、後押ししてやるべきだろうに。

だが、覆水盆に返らずのことわざどおり、いったん口から飛び出した言葉は回収不能だ。

「えっ？」

一瞬、予想外の俺の言葉にポカンとした様子で顔を上げた万次郎は、今度は涙を拭うこともせず、延々と黙り込んだ。その強張った顔からは、彼の心の動きを読み取ることはできない。これ以上何か言うとさらに深い墓穴を掘りそうで、俺も無言で腕組みした。

やがて、万次郎はまたボロボロと涙をこぼし始めた。何を言うでもなく、ただそびそびと泣いている万次郎が不気味で、つい一言、誘い水を向けてしまう。

「なんだ。言いたいことがあるなら、黙っていないで言え」

そうしたら、万次郎は相変わらず泣いたままでブンブンと首を横に振った。

「やっぱ無理」

「な……何がだ」

「先生を好きな気持ち、諦めるの無理。俺、先生好きだもん。大好きだもん。もういっぺん、ううん、二度でも三度でも、百回でも千回でも……ええともっといっぱいでも会いたいし、話したいし……その……えっと、触りたい」

「………お前、まさか」

俺の視線は、思わず斜め下方に向けられる。最初に会った夜も、二度目に会った夜も、こいつは俺と喋っているだけで局所を反応させたらしいのだ。まさか、今も……と俺が疑ったところで、被害妄想だとは言い切れまい。

だが万次郎は、慌ててまたかぶりを振った。

「今日はまだ大丈夫！　だ……だけど、やっぱり迷惑だよね、こんな一方通行な、それもしつこい気持ちなんかぶつけられても」

「………」

迷惑なのは事実なので無言を貫いていると、万次郎はティッシュを取って涙と鼻水を拭き、立ち上がった。

「帰る。鬱陶しい思いをさせて、ホントにごめんなさい。でも、無事に先生が帰ってきてくれてよかった。顔が見られて、気持ち、伝えさせてもらえてホントに嬉しかった。……元気でね」

意外に平静な声で言うのでふと万次郎の顔を見上げた俺は、ハッとした。

俺を心配させまいとしているのか、万次郎は顔がしわくちゃになるくらい歯を食いしばり、頬筋に力を入れて、声を出さずに泣いていたのだ。ひどい泣き顔だったが、その頬を伝う涙は、とても綺麗に見えた。

もし……もしこいつが「帰る」と言い出すのが三分早かったら。

あるいは、俺がこいつのせいいっぱい我慢した泣き顔を見なかったら。

俺は万次郎をそのまま帰し、こいつと街角ですれ違うことがあっても気づかないほど綺麗さっぱり忘れてしまったことだろう。そしてそのほうが、お互いのためにはよかった……のかもしれない。

それなのに、俺の口は、理性が止める間もなく迂闊な文句を吐き出していた。

「風呂」

「……え？」

玄関に向かおうとした万次郎は、ボソリと呟《つぶや》いた俺の言葉を今度は聞き漏らさず、振り返った。

駄目だ。この純情すぎる大型犬を見捨てられる奴は、きっとこの世のどこを探してもいない。俺がほだされやすいんじゃない。こいつが悪いんだ。

そんなやけっぱちな思いで、俺はバスルームのほうを指さした。

「俺はアメリカから帰ったばかりで、風呂に入りたいと切実に思っている」

「う……うん？」

「だが、一年放っておいたバスタブに、いきなり湯を張れるわけがないだろう。疲れ果てた俺に、お前は風呂を洗えと言うのか？」

「…………！」

「晩飯だってまだだ。出前を取るにも、一人前じゃ頼みづらいだろうが。お前、それにもつきあわずに、言いたいことだけ言ってさっさと帰るつもりか。厚かましいにも程があるぞ」

グズグズに泣いたままの万次郎の顔が、俺の言葉の意味がわかった瞬間、ぱあっと目に見えて輝いた。

「お……俺、風呂洗う！　お湯も溜《た》める！　出前もつきあう！　そ……そしたら、もうちょっとここにいてもいいのっ？」

「……バスルームはあっちだ。早くしろよ」

「喜んでっ！」

安い居酒屋チェーンの店員のような返事をして、万次郎はドスドスとダイニングを出て行く。

「……何を言ってるんだ、俺は。せっかく、相手が納得して帰ろうとしているのに、引き留めてどうする」

自分の行動の愚かさに眩暈がする思いで、俺はテーブルに突っ伏したのだった……。

＊　　＊

「……ちょ……ま、待て」

「やだ」

ズッシリとのしかかってくる圧倒的な質量と身体の重み、子供のように高い体温、日に干した布団のような匂いのする髪。

やはり、五感に訴える刺激というのは、しまい込まれた記憶を何より有効に呼び覚ます効果があるらしい。

（……ああ。そうだった。前のときもこいつは、こんな感じだった）

あれから万次郎は本当にコマネズミのように働き、あっという間に風呂の支度ができていた。

念願の深いバスタブで疲れた身体をゆっくりくつろげて上がってくると、頼んでおいた寿《す》司《し》の出前が届いていた。

「金は足りたか？」

「うん、おつり、財布に入れといたよ。先生、チューハイだったよね？　確か前、これ飲んでたと思って買ってきたんだけど、間違ってない？」

「あ？　あ……ああ」

「よかった。じゃ、これは俺の奢りね！」

そう言って万次郎がテーブルに置いたのは、久しぶりに見るお気に入りの缶チューハイだった。確か、近くのコンビニでは取り扱っておらず、このあたりでは駅前の自動販売機にしかないものだ。

万次郎の奴、一年前の夜に俺が何を飲んでいたか覚えていて、俺が風呂に入っているあいだにひとっ走り買ってきたらしい。

ほかの人物に……特につきあっている女性にそんなことをされたら、気遣いに感謝するより先に、行動を監視されているような息苦しさとプライバシーを詮索《せんさく》されているような苛立ちを覚える俺だ。

それなのに、万次郎相手だとそういうマイナスの感情が湧いてこない。というより、俺を喜ばせたいという気持ちがこの大きな身体からはみ出しているのを目の当たりにしては、むしろそこまでの思いを返せない自分に軽い罪悪感すら感じて驚く始末だ。

おかげで、差し向かいでモサモサと寿司を食い（久々のまともな寿司は旨かった）、アメリカの生活についてせがまれるままに少しばかり語るはめになった。

そして、壁かけ時計をチラチラ見ながら、「そろそろ帰るべき」と「でももう少しここにいたい」という葛籐をあからさまに顔じゅうで表してみせる万次郎に耐えかね、ついうっかり、なんなら泊まっていくか？　と言ってしまったのだ。

そのときの奴の喜びようだけは、ちょっとした見物だった。喜びすぎて手足の動きが制御できなくなったらしく、突然立ち上がってクネクネと奇妙な振りつけで踊り出したので、多少頭がどうかなったのかと思ったほどだ。

本人曰くの「喜びの舞」を披露しつつ、万次郎は、「寝室を覗いたら、シーツも枕カバーも布団カバーも埃を被ってたから、先生が風呂に入ってるあいだに交換しといた！　やっといてよかった！」とやや得意げに言った。

人の家を勝手に覗くなとやけに高いところにある頭を張り飛ばしはしたものの、結局その寝室で、奴に半ば押しつぶされているというていたらくだ。

「ちょ……ちょっと待て。泊まっていけとは言ったが、普通、そう言ったら慎ましくソファーにでも行くだろう！　なんだって俺のベッドで、しかも断りもなくこういう体勢になっているんだ！」

俺は、体格差と体重の差を考えもせずのしかかってくる万次郎の厚い胸板を押し返そうとした。

一年前、こいつは男と寝るのは当然初めて、しかもおそらく女ともまだ経験がなかったらしい。何をどこからどうしていいかわからず、やる気は漲《みなぎ》るもののアワアワするだけで何もできない有様だった。

必要以上に大きな身体の万次郎だ。俺が抱かれる立場になるのは物理的に仕方ないと腹を括ったものの、本能の赴くままに無茶をやられては、たまったものではない。面倒くさいと思いつつも、保身のためにかなり懇切丁寧に手ほどきをしてやった記憶がある。早い話が、動くなときつく言い渡し、仰向《あおむ》けに寝かせたこいつに跨り、俺のペースでことを進めたわけだ。

それでも十代の若さというのは恐ろしいもので、一度目こそ呆気なく弾《はじ》けたこいつは、二度も三度も休みなく挑んでくる。結局、明け方までつきあわされて、平静を装ったものの実はヘロヘロになって帰宅したことまで思い出した。

(そうだ。こいつのせいで、何日か腰痛が治らなくて大変な思いをしたんだった)

一瞬、勢いに負けたものの、こいつの好きにさせては、またしても同じ目に遭うに違いない。奴の胸を押し上げる俺の手に、いきおい力が増した。

「な……なにっ？　さ、触るの禁止なの、先生っ？　お願い。そんなこと言わないでよ。俺、絶望して死んじゃう」

上擦った声で泣き言を言いつつも、強姦《ごうかん》まがいの凶行に及ぶ気はないらしい。万次郎は渋々俺の上からどき、ベッドの上に座り込んで両手を合わせてみせる。

俺も、早くも乱された部屋着の襟元を片手で整えながら、万次郎の向かいに胡座を掻いた。

「あのな……」

「お願い！　つけ上がらせて！」

俺も、鬼ではない。というか、大型犬相手に焦《じ》らしプレイを仕掛けるような変態趣味もない。宿泊を許可した時点で、こうなることは覚悟済みだが……しかし、無条件に好き放題をさせては俺の命にかかわる。

そこで俺は、厳しい顔で言い放った。

「いいから聞け。一年待てと言った覚えはこれっぽっちもないから、それに関してお前に負い目はない。先にそれだけはハッキリさせておくぞ」

「う……うん」

「だがまあ、風呂洗いとシーツ交換とチューハイ買い出しの褒美に、望みの一つくらいは叶えてやろうというだけのことだ。べつにこれを機に、お前とつきあうとか、そういうつもりはいっさいないからな」

キョトンとした顔で聞いていた万次郎は、それを聞くなり喜色満面で声を弾ませた。

「願いを叶えてくれるって、じゃあ、先生に触っていいのっ!?」

「……まあ、そういうことだ。だが、言っておくことがある」

「言っておくこと?」

かしこまりつつも笑みを引っ込められない万次郎を睨み、俺はツケツケと言った。

「いいか。よく考えろ。俺は今日、帰国したばかりだ」

「う、うん」

「早い話が、疲れているんだ。前のときみたいに、朝まで猿みたいな勢いでやられたら、確実に死ぬ。……わかるな？」

「それは、わかる……けど」

「けど？」

「いっぺんで終われる自信、ない」

あけすけに本音を吐いて、万次郎は心底困り果てた顔をする。そうだろうとも、と軽く流して、俺はいきなり行動に出た。体育座りをしている万次郎の膝をぐいと開き、その間に自分の身体を割り込ませたのだ。

いきなり近づいた俺の顔に、万次郎は面白いように顔を真っ赤にする。

「な！　な、な、何、先生？　あっ、もしかして！」

「もしかして、なんだ？」

「今日は、俺がやられるの!?　あ、いや、それでも俺、頑張る所存だけどっ」

馬鹿馬鹿しい発想に呆れつつ、俺は奴のジーンズの前ボタンを外し、ファスナーを下ろした。予想したとおり、奴のそこは早くもトランクスを押し上げ、その存在をアピールしている。

「お前みたいな馬鹿でかい奴をどうこうする気はない。考えるだけで疲れる」

「じ……じゃあ、何、してる、の？」

「先に抜いておく」

俺は簡潔に言い、トランクスの前を引き下げた。現れたものは俺のお粗末な記憶より一回り大きく、すでにある程度の硬度を持ちつつある。

「えっ？　わっ、ひゃあ！」

わざと強く握り込んでやると、万次郎は思い切り奇声を上げた。それでも、俺の手を払おうとはしない。

「ぬ、抜く……って、まさか」

「自分で抜いてこいと言ってもいいが、今夜は待っている間に俺が寝てしまいそうだからな。退屈しのぎに抜いてやる」

そう言い放ち、俺は無造作に手を動かし始めた。サイズも形も自分のものとは違うが、男なら誰でもやり慣れた行為だ。どうすれば気持ちいいかは嫌になるほどわかっている。

「い、いい、の……っ？」

上擦った声で躊躇う本人とは裏腹に、太い楔はあっという間に硬くなり、天井を仰ぐように反り返る。まさに身体は正直、だ。

「再びの、是非もなし、だ」

高校時代、しばらく好奇心で下級生とつきあっていた頃、放課後のロッカー室でこうして互いのものを愛撫《あいぶ》し合ったことがある。そのときの背徳感が思い出されて、ただの作業と割り切ったはずの行為なのに、背筋がゾクッとした。

「それ、って、かまわないってこと？　う、なんか先生、手、エロいっ」

「仕方ないということだ。エロいとか言うな。男なら誰でもやることだろうが」

「ん……っ、だって、ヤバッ、自分でやる……よりっ、よすぎ」

その言葉が嘘でない証拠に、先端からは先走りの雫が早くも溢れ始める。

「お前、自分でやるのも下手なのか？」

大きく手をスライドさせながらからかうと、万次郎は興奮と羞恥で顔を真っ赤にした。

「も、って言った！　も、って！　それって前んとき、俺、セックスが下手だったたってこと？」

「お前、まさか上手いつもりでいたんじゃなかろうな？　俺が跨ってやったにもかかわらず、お前が力任せに動くから、翌日は椅子に座るのも一苦労だったんだぞ」

あのときの後ろの痛みを思い出し、ささやかな仕返しのつもりで先端に爪を立ててやったら、万次郎の奴はギャッと色気のない悲鳴を上げた。間髪を容れず親指の腹で、先走りを塗り込めるように同じ場所をくすぐると、今度は息を詰め、鼻にかかった小さな声を上げる。

「んあっ。……あ、遊ばないでよ、先生」

打てば響くような反応というのは楽しいものだ。だんだん乗り気になってきて、俺はもう一方の手でやわらかな袋に触れた。そっと手のひらで包み込み、内部の珠を転がすようにすると、視界の端で万次郎の手がギュッとシーツを鷲掴《わしづか》みにするのが見えた。

「ん……なとこ、自分でやるとき……触ったこと、ない……よっ」

「やはりお子様はスキル不足だな。ここも、悪くはないだろう?」

「す……んごく、いいっ……ヤバ、すぐ、イキそう。先生が俺の触ってるって、思っただけ、で……んっ」

「すぐいかせようと思ってやっているんだ。そこで踏ん張るな」

「ひどッ……あ、ふっ……」

一方的に感じさせられて、嬌声を上げるのはさすがに恥ずかしいのだろう。万次郎はあからさまに息を乱しながらも、歯を食いしばって声を堪えた。だが、裏筋を少し強く擦るようにしてみたり、強弱をつけてみたりすると、楔はますます硬く、熱くなり、素直に持ち主の快感をこちらに訴えてくる。

(一発抜いたくらいでは……変わらないだろうな、この勢いは)

三発くらい立て続けに抜いて自衛をはかろうか、という姑息《こそく》な考えと同時に、これを自分の中に入れるのだというリアルな実感が手のひらから脳に伝わり、俺の体温までがじんわりと上がっていく。

額がうっすら汗ばんできたのがわかって、予想外の興奮に戸惑う俺の肩に、万次郎はいきなり片手をかけた。

「なっ……う、うわッ」

両手ともを奴のために使っていたせいで抵抗することもできず、俺は引き寄せられるまま、万次郎のほうに倒れ込む。顎が、奴の肩に当たってゴチンと音を立てた。

それでもはち切れんばかりの芯《しん》から手を離さなかった自分を褒めるべきかどうかは微妙な問題だが、そんな俺の耳元で、押し殺した声が切羽詰まった早口で言った。

「もう、駄目、出る……ッ」

「馬鹿、待てお前、ティッシュを」

「無理！　くっ……」

「！」

体勢が変わったのと驚いたのとで、つい手に力が入ってしまい、その刺激が引き金となったらしい。俺の背中を抱く万次郎の右手にぐっと力がこもったと思うと、俺の手の中で奴がドクンと大きく震えた。あっと思う間もなく、俺の手を生温かい液体が濡らす。独特の臭気が、鼻を掠めた。

「は……はあ、ぁ、すげ、早、かった」

片腕で俺を抱きしめたまま、万次郎は湿り気を帯びた熱っぽい声でそう言い、俺の肩に頭を預けた。その身体の熱さと、大きな胸にすっぽり包み込まれるという男としては滅多にありえないシチュエーションに、心臓がどきりと跳ねる。

耳元で繰り返される荒い呼吸と、手の中でまだ硬度を保つ奴の分身の熱。身体を密着させていると、こちらの鼓動まで速まっていることを知られるのが癪《しゃく》で、俺は万次郎から身を離そうとした。だがそれを力任せに防ぎ、万次郎はどこか恥ずかしそうに言った。

「ゴメン。せっかくシーツ……換えた、のに。でもまた俺が交換するから。洗濯も」

「……そんな色気のない話は今はいい。離れろ」

極力冷淡に言ったつもりでも、我ながら声に興奮が滲んでいるのがわかる。万次郎はそんな俺を抱いたまま、俺のジャージの後ろから下着に手を突っ込んできた。

「お、おい」

不意打ちに、不覚にも身体が震える。

「前にしたとき、先生、自分で後ろ、慣らしてた……よね？　せめて今日は、それは俺にやらせて」

「なんだと？　あっ、お、お前、何……ッ」

いきなりごつい指に後ろを探られて、微《かす》かな恐怖に身体が震えた。万次郎の奴は小さく笑って囁《ささや》く。

「俺、ちゃんと勉強した。えっと……ローションとか、使うんだよね。ある？」

「ベッドサイドチェストの……引き出し。ついでにコ……」

「コンドームも。了解。やっぱ、そのへんはお医者さんだなあ。あ、でも、使用期限とか大丈夫なの？　腐らないから、一年放っておいたやつでも大丈夫なのかな」

そんなくだらないことを心配しつつ、万次郎は長い腕を活かして、ゴソゴソと引き出ししから必要なものを摑み出す。

「荒っぽくするなよ。ゥッ、言った、端から……ッ」

ローションを絡めた太い指が、怖々なくせに遠慮なく侵入してくる。思わず息を詰めた俺に、万次郎は慌てた様子で、しかし不思議そうに問いかけてきた。

「ご、ごめん！　でも、きついね。先生……アメリカではしなかったの？　あ、そか、女の人としてたのか」

「馬鹿……野郎、勝手に決めつけるな。くだらない病気をもらう気はないんでな。一年は禁欲生活だった。……んっ、う」

万次郎に言ったことは嘘ではない。恋愛事情の異なる異国でややこしいことに巻き込まれるのは真っ平御免だったし、何より研究が忙しかったので、誰かと懇《ねんご》ろになるチャンスはなく、そうしようとも思わなかった。

そのせいで、今、狭い後腔を探る奴の指の無骨な動きが、予想をはるかに上回る違和感と刺激を俺に与えた。

「マジで？　じゃあ、ずっと右手様頼り？　うわあ、俺と同じだ。嬉しいなあ」

「な……う、なん、だと？」

「俺もずーっと、あの夜の先生を思い出しながら、右手様のお世話になりっぱなしの一年だった！　男同士の知識はそれなりゲットしたけど、実践は全然だから！」

「そ……んなことを、誇るなっ。それに、俺は左手様だ！」

「あ、先生左利きかあ。そういや、ご飯食べるとき、お箸、左手だったね。……ねえ。ずいぶんやわらかくなった感じ。そろそろ、指増やしても大丈夫？」

「……勝手にしろ……くそ……っ」

万次郎の言うとおり、強張っていた粘膜が緩み、抜き差しされる指を断続的に締めつけ始めたのがわかる。指が増やされた瞬間は軽い痛みを感じるが、その太さにもすぐ馴染み、食いしめ始める自分の節操のなさにただ耐えているのが嫌で、俺は再び万次郎の半勃ちのものに指を絡めた。

「あっ、先生、それ、やばい」

感じている顔を見られるのが嫌で、万次郎の肩口に顔を押しつけているせいで、奴の表情も確かめることができない。それでも明らかに狼狽《ろうばい》した声に少し溜飲を下げている自分が滑稽だ。

「何がやばいんだ」

「だって……先生を触ってるって思っただけで、俺、こう、一年分の想いとか妄想とかが津波のように押し寄せてきてさあ。そんだけでいっちゃいそうなんだけど、また」

「……そのくらいのほうが、俺が助かる。かまわんぞ」

「嘘ッ……ちょ、あっ」

さっき射精したばかりなのが嘘のように張りつめていくものと、俺の中でうごめく指。その質感と動きが相まって、俺をひどく昂《たか》ぶらせていく。触れられていないのに、自分のそれが下着の中で頭をもたげてくるのがハッキリとわかった。

(そこまで欲求不満だったのか、俺は……?)

自分自身の余裕のなさに呆れつつ、ここで俺まで抜いてしまったら、旅の疲れが出て、途中で寝てしまう気がする。あえて自身には触れないまま、触れさせないままで、俺はただひたすら、万次郎を愛撫する両手に意識を集中させようとした……。

「くッ……ん、んん……っ」

「せ、先生、大丈夫? ね、マジで大丈夫?」

下のほうから心配そうに問いかける声に、俺は詰めていた息をそろそろと吐きながら、掠れた声で答えた。

「うるさい」

「だ、だってえ」

情けない声を出す万次郎本体とは裏腹に、分身のほうは、まるで鋭い剣のように深々と俺の身体の中心を貫いている。ここに至って初めて互いに服を脱ぎ、素肌を重ねた。俺の下にある万次郎の身体は、火のように熱い。

前回と同じく、仰向けに寝かせた万次郎の上に乗り、自分のペースで挿入したので、久しぶりといえども俺が傷つくはめには今のところなっていない。それでも、狭い空間を押し広げて入り込んだそれは、あまりにも太く、猛々《たけだけ》しかった。じっとしていても、身体がめりめりと二つに裂けていきそうな気がする。

「くそ……お前、こんなだったか、一年前。まさか……まだ成長期じゃ……あるまいな」

「んなわけないって、さすがに……。あ、でも、筋肉はついたかも。土木作業、頑張りすぎてだんだんマッチョになってきたんだよね～」

「……馬鹿野郎。土木作業でこんなところに筋肉がつくか！」

「ちょ、先生、怒鳴らないで。力が入って、す、すげ、締まる……ヤバイ。動きたい、俺」

万次郎が不意に下から突き上げるように腰を動かしたので、俺の口からは堪え損ねた高い声が漏れてしまった。

「あっ！」

その途端に、俺の粘膜に包まれた万次郎の楔が、びくんと跳ねてまた一回り大きくなる。

「その声、すっごいきた……。はー、気持ちいい。記憶より全然気持ちいい、どうしよ。ってか、どうにかしたい、今すぐ」

「どうもこうもない。お前は勝手に動くな。……そ……ろそろ……馴染んだ、か」

俺は両手を万次郎の腹に突き、ゆっくりと前後に身体を揺さぶってみた。熱い切っ先が、狭い壁を擦る。その刺激が強い快感をもたらし、俺は思わず息を漏らした。見下ろせば、万次郎も恍惚《こうこつ》とした顔で俺を見つめている。

「先生の中……すげ、熱い」

「お前の……ほうが、熱い。ふっ……う、ぅ……」

徐々に動きの幅を大きくし、上下運動も加えてみる。後ろで感じる快感が前にも伝わり、挿入時に少し萎《な》えた俺のそれは、再び勃ち上がりつつあった。

「こう、したほうが……いいのかな」

万次郎は大きな左手で俺の腰を楽々と支え、右手で俺のものに触れた。少しは知識を仕入れたというのは、嘘ではないらしい。なんとも稚拙な触れ方ではあったが、後ろと前の刺激が相乗効果で俺を追い上げていく。

「ん、く、うっ、ぁ、あ!」

完全に主導権を握るつもりが、時折たまりかねた万次郎が不規則に突き上げてくるので、不意打ちに喘《あえ》がされ、上半身から力が抜けていく。突っ張っていた両手が滑り、俺は万次郎の上に倒れ込んだ。

「もうホント、俺、先生大好き。……死ぬほど、好き……っ」

「うる、さい……あッ」

「だって好きなんだもん。好き、どうにかなるくらい、好き」

好きだ好きだとうわごとのように繰り返しながら、万次郎は俺を抱きしめ、ゴロリと体勢を入れ替えた。すぐに壊れるほど激しく突き上げられて、俺はまともに喋る余裕を失う。見事に割れた硬い腹筋に擦られ、俺自身も急速に追いつめられていった。

「あっ、あ、あ、はっ、くうッ……！」

先に達するのは悔しいと思いはするものの、獣のような万次郎の動きと前への刺激で、俺は呆気なく果てた。そのせいでただでさえ狭い内腔がギュッと引き絞られ、万次郎の楔を容赦なく締めつける。

「うあっ」

悲鳴に似た声を上げて、俺の中の万次郎が暴れ馬のように跳ねた。俺を抱いたまま、奴は数度小さく腰を動かす。

「え……えへへ。何秒かだけ、俺の初勝利」

グッタリと俺の上に倒れ込んだ万次郎は、そう言って妙に嬉しげに笑った。こっちはこっちで、大人げないほどムッとして言い返す。

「馬鹿野郎、偶然だ！　……というか、抜け。今夜はこれ以上は無理だと言ったろう」

万次郎のことだ、俺が迂闊に動けば、たちまち兆してくるに違いない。抜かずの二発に耐えられる体力が残っていないのは自覚済みだったので、俺は厳しく言い渡した。

「う、うん。わかってる」

万次郎もやけに素直に言いつけに従った。太い、まだ硬度を保ったものがズルリと中から出ていく刺激に思わず声が出そうになったが、すんでのところで我慢した。シャワーを浴びに行くのも面倒で、最低限の後始末をしてそのままベッドに入ると、万次郎も同じように俺の横に潜り込んできた。

厚かましいと言う暇も与えず、俺の首の下にぐいぐいと太い腕を差し入れてくる。どこで仕入れてきた知識だか知らないが、男に腕枕をされたところで嬉しくもなんともないし、だいいちこいつの腕は硬すぎの太すぎで、確実に首が凝りそうだ。体格差だけの問題で抱かれてやったというのに、女扱いされるのも気にくわない。

とはいえ、それに異を唱えるのも億劫《おっくう》で、俺はいろいろな文句を胸に留めたまま、目を閉じた。そのままゆるゆると心地よい眠りに落ちていきそうだったのに、万次郎の声がそれを妨げた。

「ねえ、先生。やっといて訊くのも変かもだけど……今日、やらせてくれたのって、やっぱ一年してなかったからだよね。そこに俺が来て、先生優しいから、俺に同情したのと両方で、させてくれたんだよね？」

「……あ？」

まどろみながら聞いていたせいで意味がよくわからず、俺は曖昧な返事を返す。だが万次郎は、感情を殺した妙に平板な声で、かまわず言葉を継いだ。

「ううん、わかってる。訊かなくてもホントはわかってるんだけど。でも、こうしてるとさ。俺、勘違いしちゃいそうになるから。先生は俺のこと好きでもなんでもないんだぞって、ちゃんとこの馬鹿な頭に叩き込んどかなきゃなって」

「………」

俺は薄目を開き、ベッドサイドの小さな灯《あか》りにぼんやりと照らされた万次郎の横顔を見た。俺ではなく天井を凝視している万次郎の顔は、こんな状態だというのにひどく寂しげで、俺の胸が不覚にもズキリと痛む。

「大丈夫だよ、先生。俺、先生のこと大好きな気持ちは諦められないけど、先生にぜんっぜん好かれてなくても……へ、平気、だよ」

まったく平気でない震える声でそう言って、万次郎はこちらを向いた。笑みを作ろうとして見事に失敗し、今度は泣くまいと口を一文字にする。

「………」

何も言わず、何もかも無視して寝てやろうと、一度は目を閉じた。

酔狂も気まぐれも、これきりにしておいたほうがいい。深入りするとお互い面倒だし、何より、こいつはあまりにも一本気すぎて、鬱陶しいにも程がある。

相変わらず理性はそんな正論を吐くのだが、布団の下で触れ合っているこいつの身体の温もりが、妙に俺を安らいだ気分にさせてくれる。人肌というのは、こんなにも心地よいものだっただろうか、と首を傾げたくなるほどだ。

それすらも禁欲生活の産物に過ぎない、所詮は遊びと言い切れるほど俺は冷徹なのだと、今の今まで信じていた。だが、それも相手によると思い知らされる。

万次郎は、これまで寝た誰よりも初心《うぶ》で、思いやり深くて、そのくせ直情径行で強情だ。俺の好意は期待しないと言い張るくせにしっかり甘えてくるし、俺に求める愛情の百倍も千倍もの想いをストレートにぶつけてくる。俺を幸せにすると言い切るわりに、そんな財力も才覚もない。その反面、身体だけは馬鹿みたいに大きく力強く、俺を易々《やすやす》と組み伏せ、抱きしめ、包み込むことができる。

こうも単純に見えてややこしい厄介な奴は、初めてだ。そして、こんなになんの打算も計算もない好意を他人から受けるのも初めてだ。

（ああ……くそ）

傍らから熱い視線を注がれているのを知りつつ眠ることなど、いくら俺でもできはしない。俺は仕方なく、目を閉じたままで口を開いた。

「人を色魔みたいに言うな」

「ご、ごめん。だけど……」

「確かにセックスは遊びの域を出ないようにするのが俺の流儀だが……それでも、誰でもいいというほど見境なしじゃない」

「へ？」

俺の言葉の意味がしばらくわからなかったらしく、万次郎が戸惑っている気配がひしひしと伝わってくる。まったく、理解力の足りない奴だ。

「ひと欠片の好意も持てない人間と寝るはずがないだろうと言っているんだ」

「……あ！」

ようやく言葉の意味がわかった瞬間、万次郎は飛び起きた。自然と頭の下からあのカチカチの腕が抜けて、俺の頭は心地よく枕に沈み込む。

「それって！　それって、俺のこと、ちょっとは好きってことッ⁉」

さすがにそうですと言葉で明瞭に肯定するのは羞恥の限界を超える振る舞いなので、俺は舌打ちしてボソリと言った。

「察しろ、馬鹿が」

だが、その一言で万次郎には十分だったらしい。

「うわあ……！　俺、なんか今、世界一希望に満ちた男かも！　先生、ありがと！」

「……礼を言われるようなことじゃない」

「そんなことないよ！　俺が人生でいちばん嬉しい言葉、今くれたんだもん。やった！　やった！　やったー！　先生は、アリンコくらいは俺が好きなんだ！　やった！　やったー！」

そう言うなり、万次郎は素っ裸のままでベッドから飛び降りる。

「……どこへ行く気だ？　帰るのか？」

「ううん、感動しすぎてまたジュニアがやばいことになりそうだから、ちょっと風呂場で水被ってくる！　いやっほーい！」

よさこい踊りか何かと見まごうような奇妙な足取りで、万次郎は寝室を出て行く。

「……早まったか、俺……」

微妙な後悔を覚えないでもないが、それよりとにかく疲れて眠い。水くらい、好きに何時間でも被っていてくれ。そんなやけっぱちな思いで俺は再び目を閉じ、今度こそ深い眠りへと落ちていった……。

第七章　それでも平穏な日々

「げー。お前、何それ。一年ほったらかした挙げ句、いきなり家に入れて寿司食わせて、ついでにやっちまうって、つか、それなんて飴と鞭プレイだよ。つか、どんな節操なしだよお前」

頬杖を突き、呆れ口調でそんな台詞を吐いた永福篤臣を、俺はジロリと睨んだ。

「うるさいな。まんじの奴があまりにしつこいから、根負けしてそうなっただけだ。プレイも節操もあるか！」

「せやかて、それがきっかけで本格的にできあがってしもたんやろ？　それっきり、ずーっと同居か？」

永福の隣で、江南耕介もへらへらと笑いながらこちらをからかう。まったく、ろくでもないコンビだ。全然違うタイプの二人だと思っていたが、やはりカップルというのはどこか根底に似た性質を持っているものなのかもしれない。

　俺は、デザートにと永福が目の前で剝いてくれたリンゴを頰張りながら、イライラした気分で言い返した。

「そんなわけがないだろう。もちろん、朝が来たら叩き出してそれきりにするつもりだったさ。だが、あいつがどうにも危なっかしいことを言うから、つい気になってしまったんだ。そこにつけ込まれただけで、つまり俺は純然たる被害者だ！」

「危なっかしいこと？」

　永福は見事な手つきで二つ目のリンゴの皮を剝きながら訊ねてくる。ここまで喋ってしまっては、もう隠し事をしても意味はあるまい。

「だから……なんとなく世間話をしていて、あいつ、朝から晩まで相変わらずバイトに勤《いそ》しんでいるようだから、ずいぶん一年間で学費が貯まっただろう……そんなことを言ったんだ」

「うん。あの子、その頃から働き者だったんだな。今もまんぷく亭でハムスターみたいに働いてるけど。……学費、貯まってたんじゃないのか？」

　俺は当時の驚きを思い出しながら、かぶりを振る。

「いや。それどころか、百万円の借金があるとケロリと打ち明けやがった」

「百万!?」

　江南と永福の声が綺麗に重なる。江南は、ひゅうっと小さな口笛を吹いた。

「そらまた、貧乏フリーターにしてはでっかい借金やな。なんや、あいつ、ああ見えて実はギャンブル狂とかそんなんか？　馬とか船とか。それともアレか、女に貢いだか、クスリ……はなさそうやけど」

「俺も最初はそのあたりの悪癖を疑った。だが、真実はもっと馬鹿げたものだったよ。あいつ、土木工事のバイト仲間に頼まれて、借金の連帯保証人になっていたんだ。まだ未成年だったくせにな。頼み込まれて引き受けたんだそうだが、まったく、考えなしにも程がある」

「ええっ？　れ、連帯保証人？　そんな大変なものに？」

永福はビックリして目を見開いた。俺は苦々しく頷く。

「まったく、馬鹿な奴だ。容易に予見できることだが、ほどなく金を借りた当の本人は雲隠れ。借金はまんじの肩にのしかかったというわけだ」

永福は包丁を持ったまま、小首を傾げた。

「あ、でも待てよ。間坂君は当時、未成年だったんだろ？　でもって彼の親御さんはもういなかった。だったら話がおかしいよ。未成年が保護者の承諾なく連帯保証人になれるわけがない。そんな捺印、無効じゃねえか」

「俺もそう思ったし、実際、職場の上司もそう言って、弁護士を立てて話を片づけようとしてくれたらしいんだが……」

「そうしなかったのか？」

「ああ。金を貸したのは金融機関ではなく、借りた奴の親友だったらしくてな。善良な人間だと信じて、無理して捻出した金を無利子で貸したんだそうだ」

江南は鼻を鳴らして肩を竦めた。こういう仕草だけは、学生時代と変わらず気障だ。

「せやけどんなもん、貸した奴がお人好しのアホなだけやろが。お前の相方が責任感じることやあれへんやろ」

「さりげなく相方とか言うな。あれは居候だ！　……と、とにかくだな。まんじの奴、金を貸した奴に会ってみたんだそうだ。そうしたら小学生の子供が二人いて、三人目を奥さんが妊娠中。そんな状態だったんだそうだ。逃げた親友に貸した金は、子供たちを私立中学にやるために積み立ててきた貯金だったらしくてな」

「それは気の毒だけど、江南の言うとおりだよ。間坂君には関係のない話だろうに」

「そう言い切れないのが、あいつだよ」

俺は椅子に深くもたれ、腕組みして目を閉じた。

その話を聞いた朝、今の永福や江南のように、俺も万次郎を窘めようとした。

筋違いな借金を背負う必要はないし、金を貸した奴に同情する必要もない。無駄な苦労をするな……そう吐き捨てた俺に、万次郎はとても真面目な顔でこう言った。

『でもさ。俺も、バイト仲間をいい人だって信じて、連帯保証人になったんだ。お金を貸した人と同じくらい、人を見る目がなかったんだよ。いい勉強になったと思う。……それに、お金を貸した人も奥さんも、俺には関係ないことだからって言ってくれた。保証人のことは忘れるから、気にしないでって言ってくれた。だけど、そこんちの子供の顔を見たとき、俺、自分が代わりに返すって決めたんだ』

それはなぜだと追及する俺に、万次郎は澄んだ目でなんの迷いもなく答えた。

『だって、子供は親を選べないだろ。親の判断ミスで、子供が可能性をつぶされるのはつらい。子供もつらいけど、親はきっともっとつらい。俺の母親は、すごく働いて俺のこと高校まで行かせてくれたんだ。俺はそのこと感謝してたけど、それでも貧乏で、お金のかかる行事は諦めなきゃいけなかった。俺は平気だったけど、母親はすごく済まなそうにしてた。……あの人たちに、俺の母親と同じ思い、してほしくない。それに俺も、あの家族はどうなっただろうって心配しながら生きていくよりずっといいよ。借金さえなくなれば、トンズラしたバイト仲間も帰ってくるかもだしね！』

自分がうんと頑張れば返せる額だ。現に、最初は二百五十万だった借金が、一年弱頑張って百万まで減った。その代わりすっからかんになったけれど、生きていけているから大丈夫……そう言ってカラリと笑った万次郎の笑顔は、驚くほど眩《まぶ》しかった。

それでも、そのお人好し加減がどうにも心配になって……で、気がついたら、俺はこう言っていたのだ。

『借金のことは、お前の問題だ。お前が好きにすればいい。俺は関係ないからな。しかし万が一、食うに困ったとか、何か相談したいとか、そういうことがあったら、ここに来い』と。

「あちゃー。それ言うてもうたらもう負けやろ、お前。そないなこと言われたら、俺やったら速攻で行くな。つか、来たんやろ、実際?」

江南は、まだ意地汚く残ったきんぴらを指で摘みながら笑った。俺は目を開き、渋い顔で頷く。

「ああ。取り返しがつかないことというのはこれかと思った。あいつ、ベッドの上でガキみたいに飛び跳ねて……で、天井に頭頂部を強打して涙目になりながらも大はしゃぎだった」

「ぶッ。……な、なんか想像つくな」

「……たぶん現実は、お前のビジョンのはるか斜め上だ。全裸の大男が、局部をブラブラさせながら、なんとか族みたいに目の前でハイジャンプしているさまを想像してみろ」

「〜〜〜〜ッ!」

声を上げて笑っては失礼だと思ったのか、永福は机に突っ伏して肩を震わせる。江南もニヤニヤしながら尖った顎を撫でた。

「そっから間坂君は通い妻になり、そのうち同棲に進化したわけやな」

「だからそういう気持ちの悪い言葉を使うな。妻でも同棲でもない! まったく。つい、よけいなことを喋りすぎた。俺はもう失礼するぞ。いつまでも油を売っていては、デスクワークが滞る」

　これ以上ここに座っていては、取り返しのつかないことまで白状させられるはめになりそうだ。俺は立ち上がり、白衣の裾を伸ばした。

「わかったよ。長々引き留めて悪かったな。約束どおり、実験はやっとくから。結果が出たら、メールする」

　永福はそう言って、ビニール袋にリンゴをたくさん詰めて差し出してきた。

「これは？」

「いや、うちの教授の奥さんが、青森《あおもり》出身でさ。この季節、教室に差し入れのリンゴが溢れ返るんだ。旨いけど食べきれないから、教室にきたお客さんには半強制的にお土産に持たせる掟《おきて》なんだよ。嫌じゃなかったら、間坂君と食えよ」

「ありがたくもらっていく。弁当も、ご馳走さま」

「晩飯の妨げにならなきゃいいけどな。俺が間坂君に恨まれちまう」

「そこまで食っていないさ。じゃあな、永福。……江南。俺が出て行ったからといって、いきなり永福をそのテーブルに押し倒すなよ」

　リンゴの詰まった袋を提げ、挨拶代わりにそんな言葉を投げかけると、永福は瞬間湯沸かし器のように顔を赤らめ、江南はやっぱり不敵にニヤリと笑って自分の腹を叩いてみせた。

「そうしとうなるんは必定やからな。予防策に、運動したら吐くほど食うた。それに、そろそろそろ俺も仕事に戻らんとな。お前が消えたら、篤臣と適度にいちゃこいて医局に帰る。せやし、とっとと去《い》ねや」

「あー、はいはい。それは失礼した。ではな」

「江南ッ！　お前、いい加減に……おわッ」

永福の怒号だか嬌声だかわからない声を聞きながら、俺は法医学教室を辞した。

ヒンヤリした長い廊下をエレベーターホールに向かって歩きながら、俺はあの二人には話さなかった、その後のことを思い出していた。

万次郎の奴、「何かあったら来い」と言ったにもかかわらず、早速、翌日から我が家に押しかけてきた。

厚かましい奴だと詰《なじ》る俺に、万次郎は胸を張って満面の笑みでこう言った。

『だって、相談したいことがあったら来いって言ったじゃん。俺、先生に話したいことといっぱいあるよ！　飯だって、一緒に食ったほうが美味しいよ。そう思わない？』

『だが、俺は当直も多いし、帰宅時間も決まっていないんだぞ』

『いいよ！　俺だって夜バイトある日は来られないし。それに俺は一年待ったんだもん、時間単位で待つのなんか、屁《へ》のカッパだよ！』

そこまで言われては、俺に返す言葉はない。半ばなし崩し的に、万次郎が我が家に通うことを許してしまった。

実際、コンビニ弁当をひとりで食べるより、万次郎が手早く作った熱々の料理を、二人でくだらない話をしながら食べるほうがずっとよかった。しかも奴が来ると、掃除も洗濯も風呂洗いも全部やってくれるので、楽なことこの上なかったのだ。

食べ物を分かち合うのが人間同士のつきあいの原点だというが、確かに、奴の作ったものを一緒に食べていると、万次郎が本当に裏表のない、真っすぐで純朴な性格だと確信できた。万次郎の俺に対する気持ちもそのうち冷めるだろうと思っていたが、まったく変わることなく、会うたびに飽きるほど「好きだ」を連発してくる。

俺が当直だと待ちぼうけになるのもかまわず、俺を待っている時間が楽しくて仕方がないと本当に楽しそうに語る万次郎に根負けして、一つしかない合鍵まで渡してしまった。

そんな日々が続いて、こうしてつかず離れずの関係もそう悪くないと思い始めたある夜……俺が当直で留守をした隙に、奴は不意打ちのように俺のマンションに転がり込んできて、そのまま居着いてしまったのだ。

「……くそ。よく考えれば、居直り強盗みたいな奴だな」

エレベーターに乗り込んだ俺は、壁にもたれてそんな呟きを漏らした。それでも、もはや腹は立たない。情けない話だが、思い出話をしているあいだ、あいつがうちに住み着く前に自分がいったいどんな暮らしをしていたか、思い出すのがもう困難だったのだ。

帰宅したとき、家に灯りがついているのが当たり前。

夕食のいい匂いが、玄関まで漂ってくるのが当たり前。

キッチンにエプロン姿の万次郎がいて、お帰りの挨拶を投げかけてくるのも当たり前。

すでに風呂に湯が張ってあって、すぐに入れるのが当たり前。

風呂から上がると夕食ができあがっていて、万次郎とその日にあったことを話し合いながら食べるのが当たり前。

食事のあとは、二人でソファーに並んで座り、テレビを観たり、雑誌を読んだり、世間話をしたりするのが当たり前。

そして……セックスしようとしまいと、今は毎晩、同じベッドで並んで眠るのも当たり前。

翌朝、すべての目覚まし時計を沈黙させて寝ていても、絶対に遅刻しないギリギリの時間に万次郎が起こしてくれて、朝食を作ってくれて、ハンカチを用意して送り出してくれるのも当たり前。

昼には、万次郎が持たせてくれた弁当を、医局や中庭で黙々と食べるのも当たり前。

仕事を終えて帰宅の途に就く前に、「今から帰る」とサブジェクトだけのメールを万次郎に送るのも……今となっては、息をするのと同じくらい当たり前の行為だ。

要求する前に、痒《かゆ》いところに手が届くような周到さで何もかもを準備され、与えられる生活に、俺はすっかり慣れてしまった。

庇《ひさし》を貸して母屋を取られるというのは、こういうことを言うのだろうか。

家賃代わりに家事をしろと言ったら、家事以外のあらゆることに世話を焼かれまくって、俺はいつの間にか、ひとりで生きていけない駄目人間にされてしまった気がする。

しかも、その事実にこれといった危機感を覚えていない自分に失望していながら、やはり強く誰かに想われるというのは心が温かくなるものだ。

(俺もヤキが回ったかな)

そんな諦めともぼやきともつかない思いを抱いてエレベーターを降りると、白衣のポケットに入れていた携帯電話が震えた。

てっきり病棟ナースが呼び出しをかけてきたのかと思ったが、液晶画面に表示されているのは、メール着信のメッセージに加え、「まんじ」の三文字だった。

(そういえば、あいつをまんじと呼び始めたのは、いつ頃だったかな……)

基礎医学棟を出たところで、俺はメールを開いてみた。法医学教室で時間をつぶしすぎて、外はもうどんよりと薄暗い。

『先生、仕事お疲れさま! 今、スーパーに来てるんだけど、鯛《たい》と鶏肉が両方特売なんだ。どっちも美味しそうだけど、先生、どっち食べたい? あと、何系の料理が食べたいとか……晩ご飯のリクエスト募集中!』

どうでもいいような内容の文章が、あちこちに絵文字を散りばめて綴《つづ》られている。

「女子高生みたいな体裁で主婦じみた内容のメールをよこすな、この大型犬め」

そんな悪態をつきつつ、返事を打つのが面倒で、俺は万次郎の携帯電話にかけてみた。二コールで、万次郎が出る。耳慣れた「もしもし！」という声と一緒に、地元のスーパーのテーマ曲が聞こえてきた。

「俺だ」

よく「わかってるよ」と万次郎にからかわれるのだが、なんとなく電話のときは、こう言わないと落ち着かない。

『あっ、先生、メール見てくれた？　今、仕事大丈夫なの？』

鼓膜にビシビシ響く、無駄にでかい声だ。おそらく周囲の買い物客にも、万次郎の声は丸聞こえだろう。

「平気だ。鯛と鶏肉の二択なのか、今夜は」

そう訊ねたら、万次郎は「んー」と唸《うな》りながら答えた。

『べつに、ほかのものが食べたかったらなんでもいいけど、やっぱお買い得品って嬉しいからさ。何か、今晩食べたいものある？』

俺はしばらく考えてから答えた。

「いや、べつにない。どっちでもかまわんが、あっさりした、あまりボリュームのないものがいいな」

『え？　どうしたの？　食欲ないの？　どっか、具合悪い？』

「ああ、いや。すまん、ついさっき、永福に勧められて、江南用に作ってきた弁当を少し摘んでしまったんだ。満腹になるほどの量じゃないんだが」

『あ、そうだったんだ。そういうことなら、よかった。ねえ、永福先生の弁当って、どんなだった？　旨かった？　俺、あんまりほかの人が作った弁当って見たことないから、興味あるんだよね』

あからさまにホッとした声を出した万次郎は、そんなことを訊ねてきた。職場の敷地内で医者が弁当の話をしているのはどうかと思ったが、人通りがほとんどない場所なのをいいことに、俺は簡潔に答えた。

「べつに、取り立てて特殊な料理は入っていなかったぞ。おにぎりに、ちょっとしたおかずだ。お前が作るようなものと大差ない」

『そっかー。やっぱり、大人向けの弁当って、そんなに誰のも大差ないのかな。あんまり可愛くしても変だもんね。ねえ、美味しかった？』

「ああ、旨かった」

『そっか……』

俺がそう答えるなり、それまで弾むように明るかった万次郎の声が、ほんの少し沈んだ。

落胆の理由はわからないが、そんな些細《ささい》な変化にさえ気づけるようになったという事実に、奴にとことん馴染んでしまったのだと思い知らされて、多少凹む。

俺の複雑すぎる心境など知る由もなく、万次郎は今度は明らかにトーンダウンした声で言った。

『永福先生って、確か楢崎先生の同級生だったよね？　そっか。お医者さんで仕事が忙しいのに、ちゃんと美味しい弁当作ってるんだな。俺も頑張らなくっちゃ』

「……ああ」

そこでようやく、俺は万次郎のテンションが下がった理由に気づいた。俺が、永福の弁当を「旨い」と評したことにいささかのショックを受けているらしい。

まったく、図体は大きいくせに、変に繊細なところのあるややこしい奴だ。

べつに万次郎におもねる必要はないし、機嫌を取る気もさらさらない。とはいえ、このまま通話を切ると、帰宅したとき、どことなくドンヨリした万次郎に迎えられるはめになるのだろう。それはどうにも鬱陶しいので、俺は忌々しい気分で小さく舌打ちしつつ、再び口を開いた。

「確かに旨かったんだが……永福の料理は、どうにも甘くてな」

『甘い？　味つけに砂糖が多いってこと？』

「たぶんな。永福曰く、相方の江南が関西出身のせいか、甘めの味つけが好きなんだそうだ。

やはり料理を作る人間としては、自分の嗜好《しこう》より、食べさせる相手の好みを優先してしまうものらしいな。だから……」

『だから？』

受話器の向こうで、万次郎が小さく息を呑《の》んだ。きっと、スーパーの片隅で、全身の神経を耳に集中して、俺の次の一言を待っているのだろう。おそらくは期待どおりの台詞をくれてやることに敗北感にも似た苛立ちを感じつつ、俺は早口に言った。

「だから、俺にはお前が毎日持たせてくれる弁当のほうが口に合う。その……なんだ。お前が、俺だけのために作った弁当なんだから、当然だな」

『！』

「そんなわけだから、せいぜい晩飯にも旨いものを作れ。じゃあ……」

じゃあな、と通話終了ボタンを押そうとしたのに、それより一瞬早く、万次郎はつんのめるような調子で言った。

『い……い、い、今、今晩のメニューは鯛に決定したッ！』

「……あ？」

『だって先生が、死ぬほど嬉しいこと言ってくれたんだもん！　俺の中で、今日は弁当記念日に決定したっ！　断固として、鯛でお祝いする！』

「お、おい。お前、そこはスーパーの店内なんだろう？　そんなでかい声を出すな。というか、声が妙に歪んでるが、まさか踊ってるんじゃあるまいな」

『もちろん小躍りだよっ！　晩飯、楽しみにしててね先生！』

プーッ、プーッ、プーッ……。

「あの野郎。喜ぶだけ喜んで、切りやがった」

俺はポケットに携帯電話を戻し、はあ、と深い溜め息をついた。

俵万智《たわらまち》ではあるまいし、味つけを褒めたからといって、勝手に「弁当記念日」など設定されても困る。とはいえ、自分の些細な言葉でああもストレートに大喜びされると、やはり悪い気はしないものだ。

「……わけのわからない理由だが、とにかく今日は旨い晩飯が食えそうだな」

となると、多少、腹ごなしをしながら帰宅したほうがよさそうだ。

一駅手前で電車を降りて、いつもより長い距離を歩いて帰ろうか。ついでに、記念日だと言い張る万次郎に、たまにはケーキなど買って帰ってやってもいい。

ずいぶんと甘ったるいことを考えている自分に呆れつつ、俺は残務をとっとと片づけるべく、足早に医局へと向かった……。

あとがき

はじめまして、あるいはまたお目にかかれて嬉しいです。椹野道流です。

今回の「楢崎先生とまんじ君」は、「茨木さんと京橋君」のスピンオフのような作品です。『メス花』と『いばきょー』という二作にまたがって登場する楢崎ですが、『メス花』ではクール・ビューティなのに対して、『いばきょー』ではすっかり駄目人間気味。その二作品の間に何があったのかを、今回、がっつりと書いてみました。

ツンデレメガネと純朴大わんこの出会い編を、前半はまんじ視点、後半は楢崎視点でお送りしております。しかも、『いばきょー』からは茨木さんと京橋君が、『メス花』からは江南と篤臣が登場して、二人に絡んでいます。その二作の読者さんにも楽しんでいただけるように……と一生懸命頑張りました。おかげで、K医大がたいそう胡散くさい病院になりつつありますが……皆が幸せそうならいいかってことで!

実はもともと、楢崎とまんじは、私が仕事の息抜きに、友人と共に別名でひっそり始めたサイトのキャラクターでした。今でも、二人の日記をほぼ毎日更新していますので、よろしければお訪ねください。

アドレスはこちら↓http://spicy.cside.com/inehiyo/

最後に、お世話になったお二方にお礼を。

イラストを担当してくださった草間さかえさん。草間さんのイラストでは、楢崎がかろうじてかっこよさを保っていて嬉しいです。メガネメガネ！　そしてまんじは本当にかさばるわんこに描いていただけて、見るたび幸せになります。ありがとうございます！

そして担当のOさん。「楢崎のつま先」をイラスト指定したいと真剣に呟いてらっしゃるさまは、まんじと同じくらい微変態でした。素敵です。

ようやく同居にこぎつけた楢崎とまんじ、さて、二人の生活はどんなものか……は、続編で書けたらとても幸せです。それまでごきげんよう！

椹野　道流　九拝

本作品は書き下ろしです

椹野道流先生、草間さかえ先生へのお便り、
本作品に関するご意見、ご感想などは
〒101-8405
東京都千代田区三崎町2-18-11
二見書房　シャレード文庫
「楢崎先生とまんじ君」係まで。

CHARADE BUNKO

楢《なら》崎《さき》先《せん》生《せい》とまんじ君《くん》

【著者】椹野道流《ふしのみちる》

【発行所】株式会社二見書房
東京都千代田区三崎町2-18-11
電話　03(3515)2311[営業]
　　　03(3515)2314[編集]
振替　00170-4-2639
【印刷】株式会社堀内印刷所
【製本】ナショナル製本協同組合

ISBN978-4-576-09088-7

http://charade.futami.co.jp/

CHARADE BUNKO

スタイリッシュ＆スウィートな男たちの恋満載
椹野道流の本

隠れS系売店員×純情耳鼻咽喉科医の院内ラブ♥

茨木さんと京橋君 1

椹野道流 著　イラスト＝草間さかえ

K医大附属病院の耳鼻咽喉科医・京橋は、病院の売店で働く茨木と親しくなる。誰にも話したことのないプライベートを初めて話した夜、茨木は優しく頭を撫でてくれた。茨木の笑顔に癒され、彼に会いたいと思う自分に戸惑う京橋だが、消灯時間後の病院でひどく落ち込んだ様子の茨木に、このまま泣かせて欲しいと抱きしめられて…。

CHARADE BUNKO

スタイリッシュ&スウィートな男たちの恋満載

椹野道流の本

二人にとって最大の難関が……!!

耳にメロディー、唇にキス

右手にメス、左手に花束3

イラスト＝唯月 一

シアトルに移り住み結婚式を挙げた江南と篤臣。穏やかな日々が続くかに見えたが、篤臣の父の訃報が。実家に戻った篤臣を追って江南も永福家を訪れ、母・世津子の前で二人の関係をカミングアウト!?

メス花シリーズ・下町夫婦《めおと》愛編♡

夜空に月、我等にツキ

右手にメス、左手に花束4

イラスト＝唯月 一

篤臣は江南と家族を仲直りさせようと二人で江南の実家に帰省するが、江南の母がぎっくり腰になり、家業のちゃんこ鍋屋を手伝うことに。手際のいい篤臣に対し、役立たずの江南は父親に怒鳴られて……。